LES MOUETTES

SÁNDOR MÁRAI

LES MOUETTES

roman

Traduit du hongrois
par Catherine Fay

ALBIN MICHEL

« Les Grandes Traductions »

Édition originale hongroise parue sous le titre :
SIRÁLY

Il revissa soigneusement le capuchon en ébonite du stylo plume, avec des gestes très lents et précautionneux, à peu près comme un chirurgien manipule un bistouri affûté, ou un chimiste la fiole qui contient la vie et la mort, remède ou poison pouvant tuer un village entier. Depuis un certain temps, chacun de ses mouvements était empreint de cette bizarre circonspection. Ses doigts, exercés au piano, à l'écriture, à l'escrime, habitués à taper sur un ballon, ses longs doigts blancs et osseux, reposaient à présent sur le bureau, presque épuisés, comme s'ils se remettaient d'une sorte de duel, d'une lutte brutale et virile. C'est après avoir écrit le mot de la fin, appliqué sur la toile le dernier coup de pinceau ou frappé la note ultime sur le clavier que les artistes laissent leurs mains se poser ainsi, car ils savent qu'ils sont arrivés au bout de quelque chose qui ne se répétera plus jamais.

Toutefois ses mains, elles, reposaient comme si elles devaient vaincre une sorte de résistance. Comme si elles affrontaient quelqu'un. À quoi ressemblent les mains d'un meurtrier juste après son crime ? songea-t-il en observant attentivement les siennes pour la première fois de sa vie. On sait incroyablement peu de choses sur soi-même. Déjà nous ne savons pas grand-chose de fiable sur notre corps. Que puis-je espérer alors de mon âme, dont je ne connais absolument pas la nature et dont je ne fais que ressentir les manifestations ? Et que dire des âmes des autres que je connais a priori encore moins que la mienne ? Que pouvons-nous espérer les uns les autres, nous, êtres humains ?... Il se pencha sur les mots qu'il venait d'écrire, dont l'encre n'était pas encore sèche. Du plumier où étaient rangés avec un soin méticuleux stylos, crayons, porte-plumes, il sortit un crayon rouge et l'appuya fort sur la feuille de papier pour inscrire les mots « Strictement confidentiel ». Puis il sonnerait, tendrait le document à la secrétaire qui mettrait le texte au propre avec précision et assurance. Ensuite, il le glisserait dans une enveloppe et l'emporterait au ministère. Alors débuterait quelque chose : les quelques mots couchés sur le papier dont l'encre n'avait pas encore séché commenceraient à vivre leur vie. Ils seraient imprimés en caractères noirs et gras par les grandes rotatives des imprimeries et, à la radio, une voix métallique exprimant une consternation toute professionnelle les clamerait au monde ; des millions d'êtres, le visage pâli, liraient ou écouteraient ces paroles qu'il venait de jeter sur le papier. Il regarda ses mains et, avec une certaine satisfaction, constata que ses longs doigts tremblaient comme s'il venait de fournir un effort particulier, par exemple se battre en duel ou s'exercer pendant une heure sur des sonates de Beethoven. Les mains d'un homme après un duel ou celles d'un artiste après avoir composé frémissent ainsi, mais ce que lui venait de faire, qu'était-ce ? Duel ou création ? En fin de compte, il avait juste exécuté un ordre. Demain, ces quelques phrases auraient une résonance. Demain, les téléphones sonneraient. Une femme, blême, plantée devant la radio, les écouterait, serrerait ses enfants contre son cœur et fondrait en larmes. Les ouvriers cesseraient de travailler dans les usines et les mots se mettraient à vivre et à agir. Ils se répandraient dans le tissu même de la vie et se propageraient dans le système circulatoire de ce corps immense, tel le contenu d'une seringue dans le circuit sanguin. Sous leur influence, les millions de transmissions ténues comme des cheveux de cette grande machinerie qu'est l'État entreraient en fonction et, en les entendant, le grand organisme de la nation commencerait à vivre le cœur battant. À cause de ces mots, les hommes disciplinés qui habitaient cette usine énorme et précise et n'en étaient que des rouages minuscules feraient tourner ce dispositif complexe de tout son élan, à un rythme éperdu. Il se leva, se dirigea vers la fenêtre et regarda la ville en contrebas.

Il avait neigé pendant la nuit. La neige évoque toujours les images des livres de contes. De petites maisons frissonnaient dans la neige et le fleuve charriait déjà des blocs de glace. Au-delà du fleuve, la grande ville, ses palais, ses immeubles à coupole. Il se caressa le front d'un geste nerveux, comme toujours quand il essayait de camoufler, sous son attitude et ses bonnes manières, le déferlement de quelque chose d'inhumain, d'angoissant, qui émergeait des profondeurs, des galeries où se terraient les exhalaisons marécageuses des sentiments et de la mémoire. Que se passerait-il demain, quand les paroles se seraient fait entendre ? Et après-demain ? Qu'en serait-il au sein de cette entité plus obscure, plus abstraite, connue sous le nom de temps, dont la caractéristique est de ne jamais lâcher ce qu'il a une fois absorbé, tel un amant fou serrant contre lui dans une étreinte mortelle tout ce qui s'est aventuré entre ses bras ? Ce que les mots provoquent reste le trophée du temps… Un coin de la fenêtre s'était couvert de fleurs de givre au dessin alambiqué et complexe, comme si un peintre japonais s'était évertué à charger son chef-d'œuvre de traits frivoles et superflus. En contrebas, le fleuve et les maisons. Plus loin, dans la brume, le pays, plusieurs millions de personnes. Plus loin encore dans la brume et le temps, d'autres pays, comme une mer, comme des vagues qui se désagrègent et s'élèvent tour à tour dans cet élément singulier qu'est le temps. Des

Allemands. Des Russes. L'océan. Les petits peuples, dans une anxiété hystérique. Et quelque part, beaucoup plus loin, derrière l'Histoire, l'individu et son destin incompréhensible : un Chinois qui s'apprête à rejoindre son champ, entre deux attaques aériennes, qui travaille tranquillement dans sa rizière, sourire aux lèvres et, à la conscience, la signification d'un poème ou le sens d'un devoir moral.

J'ai quarante-cinq ans, pensa-t-il. Ses lèvres remuaient, comptant les années en silence.

Un jour, la guerre sera terminée, pensa-t-il encore. Et alors je ne serai plus un jeune homme.

Il arpente la pièce, les mains croisées derrière le dos.

La pièce est tiède, au ministère on chauffe avec soin. L'immeuble est ancien, les pièces voûtées, et les murs épais. L'endroit où il se trouve n'est pas vraiment un lieu officiel mais plutôt une sorte de salon bourgeois. Des sièges Biedermeier recouverts de soie jaune le long des murs. Sur un mur, le portrait du ministre. Du côté opposé, l'autre peinture, des pêcheurs sur la Tisza. Le ministre contemple gravement les pêcheurs sur la Tisza. Sur le bureau règne un ordre inquiétant. Dans le coin, sur un présentoir, dans un panier métallique, des plantes vertes. Oui, quand la guerre sera finie, je ne serai plus un jeune homme.

Quand « ça » a commencé – il ne prononce pas volontiers le mot, même en pensée –, quand ça a commencé, il se trouvait dans cette pièce, à neuf heures du matin. Il s'est alors promis de ne pas bouger d'ici, de ne pas fuir à l'étranger, tant que ça ne serait pas terminé. Que contenait cette résolution ?... Quel est le sens de toute résolution ? La peur, l'amour-propre offensé, une sorte de tétanie, la fuite. Dans ces moments-là, tout le monde cherche son salut dans quelque chose. Lui ne retournerait pas dans les villes qu'il connaissait et qu'il aimait tant que tout ne se serait pas éclairci à nouveau, tant que les choses ne seraient pas à leur place, dans les villes et dans l'âme des hommes. Tel était le contenu de sa résolution. Combien de temps encore durerait cette détermination ainsi que ce qui l'avait fondée ?

Un épais brouillard stagne devant la fenêtre, sur le fleuve, le pays et le monde ; il se plante devant la vitre, happé par la vision du brouillard comme si c'était la seule réponse à apporter à la vie. Ah, que de discussions, de prédictions et de mensonges depuis deux ans ! Chaque jour, à la maison ou au bureau, en société et dans la rue, avec froideur et en connaissance de cause, à voix basse et confidentielle ! Et toujours, cachée sous la désinvolture et la brutalité des informations, cette incertitude tremblante, car il peut se produire dans le monde des hommes des événements que leur volonté ne contrôle pas... Que de mensonges, dits et écrits ! Tous ces mensonges qui commencent par «Je le tiens de source sûre... » et qui s'achèvent par « ... selon toute probabilité » ! Toutes ces déclarations qui débutent avec «J'ai parlé avec quelqu'un hier... » ! Et la certitude que ce « quelqu'un » n'existe pas ne peut exister nulle part car ce qui se passe ne ressortit plus à la volonté de quelqu'un ou de plusieurs personnes mais à forces surhumaines. Ce soir, il ira à l'opéra.

On revêt un costume sombre, on se rend à l'opéra. Les cors glapissent. Des femmes sont assises dans les loges, leur chair blanche se détache, rayonnante, du décolleté de velours noir, leurs mains gantées lèvent leurs jumelles, leurs yeux étincellent dans le noir comme ceux des animaux sauvages. Dans la salle flotte l'odeur lourde et chaude des corps. Sur scène, un homme chante d'une voix grave, il parle de fidélité et d'amour. Voilà ce qui donnait à l'Europe sa signification profonde... mais quand ? Hier encore ou il y a deux ans. Comme tout était beau alors, les villes, les voyages en train rapide, les paysages enneigés entre les montagnes grandioses et les chutes d'eau vociférantes, l'intimité chaleureuse et lumineuse des grands hôtels, les numéros de téléphone dans le vieil agenda – numéros derrière lesquels vivait un homme, dans un appartement de Munich, de Paris ou d'Oxford, un être que les chiffres évoquaient tout de suite. Et des tableaux en tout genre, des livres intelligents, des femmes magnifiques, des merveilleux objets utilitaires, des poèmes qui nous donnent des frissons dans le corps. Et, derrière tout cela, une cruauté et un mensonge effrayants, et des millions, des centaines de millions de gens, des foules de plus en plus nombreuses, qui déferlaient et proliféraient, qui avaient de moins en moins accès aux tableaux, aux livres, aux femmes et aux poèmes. Et les discussions dans toutes les langues dans les journaux, dans les parlements, dans tous les pays le même vacarme, le même tumulte permanent qui résonnait chaque jour de façon plus passionné et plus strident. Et puis, un matin, ce calme singulier. Quand quelque chose se termine, un calme étrange se fait toujours, dans le monde et dans le cœur des hommes. Tel était le fil de ses pensées.

Non, quand ce sera vraiment fini et que l'on pourra à nouveau voyager, je ne serai plus jeune. Voilà ce qui le préoccupe. Et il n'arrive pas à chasser cette idée. Comme si c'était plus important que les lignes inscrites sur le papier, à peine sèches. J'existe aussi, pas seulement le monde, se dit-il à présent. Quand je reverrai la mer, j'aurai cinquante ans. C'est le matin, les bateaux quittent Trieste. Les grands navires blancs. Le pont qu'emprunte le passager qui se dirige vers sa cabine entre deux rangées de stewards en veste blanche aux galons dorés. L'odeur de propre du couloir menant aux cabines, une odeur solennelle de peinture à l'huile. Et dans la cabine elle-même, tout est merveilleusement à sa place comme dans une formule mathématique parfaitement appliquée. Le bateau quitte le port et les choses sont merveilleusement à leur place dans le monde, dans le temps et dans l'espace, comme il convient. Ici, un méridien et, derrière lui, le temps et la Chine. Un autre méridien et derrière lui, fixé selon les lois de la progression arithmétique et des formules géométriques, Sydney. Un ordre sublime régnait alors sur terre. La mer était vert foncé ou bleu clair, elle donnait parfois libre cours à sa colère, tel un atrabilaire qui se souvient, entre deux crises de rage, de son enfance. Le matin, on ouvrait les yeux sur le monde, le soleil dardait ses rayons brûlants à travers les stores du hublot, comme des assassins cherchant à forcer le secret d'une pièce avec un poignard en or. On sautait du lit, on ouvrait les stores laqués de brun et l'odeur crue de la mer et du soleil envahissait la cabine. Le bateau était immobile, les machines ronronnaient doucement comme le cœur d'un homme endormi. Sur la rive, des pierres blanches qui étincelaient et des hommes noirs en haillons. Quelqu'un chantait, lalalala. Une automobile Ford traînait sous les palmiers, dans l'ombre et, plus loin, il y avait les colonnes décrépites d'un temple vieux de trois mille ans. Oui. Tout était merveilleusement en ordre dans le monde.

Est-il vrai que derrière chaque chose il y a le mal ?... Il se le demandait souvent. Le mal que planifient et commettent l'homme contre l'homme, les peuples contre les peuples, en toute conscience et à intervalles réguliers ?... Le mal ou alors quelque loi, plus forte que l'humanité ?... Il ne savait pas répondre à cela. Quelquefois, cette question lui venait à l'esprit à l'opéra, ou pendant le travail, ou quand il écoutait des gens discuter de la responsabilité. Pendant ce temps-là, la vie passait. Non seulement cette autre vie, incertaine et générale, celle des peuples et des espèces animales, celle des étoiles et des reptiles, mais la sienne, cette vie qui lui était propre. Cela faisait un moment qu'il sentait clairement ce phénomène, cet « écoulement », comme s'il examinait à la loupe les transformations organiques d'un être vivant. (Étrange, pense-t-il, que je n'en sois pas attristé.) Quelque chose s'était produit et pas seulement dans le monde : sa peau, ses nerfs, ses cellules sanguines réagissaient à ce qui s'était passé. Pendant ces années-là, sa propre guerre mondiale se déroulait, sa propre histoire mondiale. Tout est arrivé comme il le fallait et il est là, à présent, au milieu d'une pièce au plafond en forme de voûte, à l'âge de quarante-cinq ans, particulièrement calme. Aucune rébellion dans son cœur. Aucune sensiblerie. Si on ne le tue pas, s'il ne commet pas une erreur fatale, s'il fait du sport et lit de bons livres, objectifs, s'il ne se laisse pas aller à quelque peur ou passion insensée, ou à un désespoir dévorant et exagéré à l'idée de sa jeunesse qui s'enfuit, il lui reste une dizaine d'années assez bonnes. Pas excessivement bonnes mais assez bonnes. Il faut rester attentif et courtois, même vis-à-vis de soi-même. Il aura cinquante ans quand il reverra la mer, ou la Chine, ou le salon de thé à Oxford. Pendant ce temps, la guerre éclatera et se terminera.

Aujourd'hui, la guerre est très proche. Hier elle était encore aussi loin que le destin d'un autre homme. Celui d'un homme atteint d'un cancer dans la pièce voisine, on le sait et on ne ressent rien. Rien d'autre que de la compassion. Hier encore, la guerre sévissait dans le pays voisin, quant à lui, il se contentait de lire les journaux le matin et de hocher la tête. Les troupes avançaient quelque part. Paris tombait. La dernière fois qu'il avait vu Paris, quatre années auparavant, c'était par la vitre d'un taxi, alors qu'il se dirigeait vers la gare. Ils étaient passés par la cour du Louvre puis devant les plates-bandes de fleurs des Tuileries ; c'était l'été, des lumières scintillaient dans l'avenue, entourant l'Arc de triomphe. Il était encore jeune à l'époque, d'une jeunesse confuse et pleine d'espoir.

Mais qu'est-ce que je veux de la vie ? se demande-t-il. Il sonne. La secrétaire entre et prend le document de ses mains.

« Il me le faut pour cet après-midi », dit-il sèchement. Il ajoute, d'un ton autoritaire : « Strictement confidentiel. Je vous prie de me le remettre à quatre heures, en main propre. »

Resté seul, il ferme les yeux, se rassied devant le bureau et recouvre son visage de ses paumes. Il reste longtemps assis. Que s'est-il produit ?... Ce qui, hier encore, n'était qu'une transe et des informations se trouve à présent ici, dans cette pièce, devant la fenêtre ; cela fait partie du fleuve et des bâtiments, là-bas, dans le creux. La secrétaire va taper le texte à la machine et il le remettra cet après-midi aux ministres. Et il n'y aura plus aucune force humaine capable de modifier ce qui a commencé : il n'y avait pas moyen d'agir autrement parce que les causes, les valeurs, les opinions et les faits ont contraint les hommes à entrer dedans. Il reste longtemps ainsi, ses mains blanches cachant son visage.

Il ne voit pas ce visage car, au bureau, il n'y a pas de miroir. Il ne le connaît pas véritablement, ce visage. Une figure d'enfant se profile toujours derrière les traits officiels et disciplinés du monsieur grisonnant. À vrai dire, il ne connaît que cet enfant, obscurément, comme nous nous souvenons du visage aimé d'un enfant mort.

Il est assis dans son bureau et une femme gravit à toute vitesse l'escalier du grand bâtiment. Son pas est léger comme celui des oiseaux, on dirait qu'elle saute d'une marche à l'autre. Cette femme se hâte vers lui mais lui n'en sait rien encore.

Il ne la connaît pas, il ne l'a jamais vue. Il est à sa table de travail, le visage caché entre les mains. Il songe à la guerre et il essaie d'imaginer ce que signifiera ce mot demain ou à la fin de l'année, dans la réalité. Ceux qui jusque-là n'ont vu la guerre que sur un écran de cinéma vont à présent en faire la connaissance comme d'une personne qui ne possède pas seulement un nom et une notoriété mais également un corps. Il aimerait apporter son aide à quelqu'un. Peut-être que, dans ce genre de circonstance, la chose la plus convenable serait de choisir un être entre tous ceux qui peuplent la terre et de l'aider de toutes ses forces. Un homme ou une femme qui en vaudrait la peine. Mais en ce moment, face à la réalité, l'expression « qui en vaudrait la peine » n'a plus de sens. Chaque individu « vaut la peine » que son destin s'accomplisse entièrement. Et à l'intérieur de cette grande destinée qu'est la guerre se joue tout entière l'autre destinée, la petite, celle des hommes.

La femme se trouve au premier étage. Elle s'arrête au tournant de l'escalier ; elle est seule ; elle regarde autour d'elle avec précaution, comme un pickpocket et, d'un geste vif, elle sort de son sac à main un poudrier, de sa main gantée elle essuie la poudre de riz collée sur le petit miroir et elle se repoudre le nez. En quelques secondes, elle achève son œuvre et se contemple dans le minuscule miroir avec angoisse. Elle est inquiète, elle ressent dans son ventre l'appréhension et la torsion que les candidats éprouvent avant leur examen de fin d'études. Elle entend des pas et devient soudain une dame, solennelle. À présent elle marche plus lentement vers l'étage supérieur. Un homme âgé arrive en face d'elle, qui s'arrête sur une marche et se retourne longuement sur elle, la jaugeant d'un œil masculin. Belle femme, pense le vieux monsieur. Il émet un sifflement discret et continue son chemin.

Oui, elle sait qu'elle est une belle femme. Aujourd'hui elle en est particulièrement consciente, des orteils au bout du nez. Ce matin, elle s'est longuement demandé si elle allait mettre ses snowboots. Il avait neigé abondamment pendant la nuit. Finalement elle a pris parti contre les bottes et choisi des souliers bas et découpés en phoque, aux semelles fines, ainsi que des bas couleur chair qu'elle a réussi à garder propres malgré la gadoue rencontrée en chemin. Elle est gelée à présent, elle a la chair de poule dans ses bas fins et ses jolies petites chaussures mais, justement aujourd'hui, il aurait été impensable de cacher ses jambes, ses belles jambes longues et minces, dans des snowboots.

Elle se rend chez un homme qu'elle n'a encore jamais vu. Elle s'arrête au deuxième étage, elle se mouche. Il règne à l'intérieur de l'immeuble une agréable chaleur et le couloir blanc en forme de voûte semble mener vers un cloître. Aux murs, dans des cadres dorés, sont accrochées d'anciennes gravures de la ville. Tout est calme et distingué. La femme pousse un petit soupir incertain. Elle ne voit personne. De la poche de sa courte veste bordée de fourrure, elle retire un papier plié et déchiffre le nom écrit dessus. Puis elle regarde alentour en clignant de ses yeux de myope. Un homme en livrée s'approche d'elle. La femme prononce le nom.

C'est la première fois de sa vie qu'elle dit ce nom à haute voix. Quand on articule un nom, des fils et des forces invisibles connectent deux personnes dans l'univers, comme dans un central téléphonique. L'homme en livrée hoche la tête.

« M. le conseiller ne reçoit que jusqu'à midi, dit le fonctionnaire.

– Ma carte, répond la femme dans un hongrois hésitant. Je vous en prie, donnez-lui ma carte. »

Elle parle avec gentillesse, doucement, et la façon dont elle écorche les mots hongrois séduit le fonctionnaire. Les enfants d'un petit peuple se sentent honorés quand un étranger s'efforce de leur parler dans leur propre langue. L'homme en livrée propose avec galanterie à la dame étrangère de s'asseoir puis s'éloigne avec la carte de visite.

Elle s'assied sur le sofa recouvert de tissu vert. Elle presse les mains sur sa poitrine. Son cœur bat nerveusement.

La porte s'est fermée derrière elle, doucement, dans le silence feutré caractéristique de ce grand bâtiment à l'atmosphère tiède et à l'allure de cloître : ici, même le son des machines à écrire est étouffé, comme si un règlement infiniment complexe, un empressement muet et une réserve hautaine régentaient chaque action, y compris le bruit des machines à écrire. Elle s'est arrêtée sur le seuil, sans bouger. Elle est debout, raide, avec la discipline gauche d'une écolière qui, après un exercice de gymnastique, attendrait la consigne « Repos ». Dans l'embrasure de la grande porte blanche, sa silhouette élancée semble plus grande qu'en réalité.

L'homme se lève du bureau, la carte de visite à la main.

Comme il est pâle, pense la femme. Elle ferme à moitié les paupières et c'est à travers ces fentes étroites qu'elle l'épie, d'un regard froid, myope et attentif, un peu hostile.

Je dois être pâle, pense l'homme ; il se tient face au carreau réfléchissant de la vitre et sent que le sang s'est retiré de sa tête.

Il a l'impression que le sang « envahit son cœur », mais en même temps il sait que ce n'est qu'une hyperbole littéraire, rencontrée dans des livres superficiels. Dans la réalité, ce « torrent de sang » est une impossibilité physiologique. Le sang retourne toujours naturellement vers le cœur mais cet étourdissement n'a rien à voir avec le rythme de la circulation sanguine. On rencontre souvent ce genre de lieu commun sentimental. Je suis pâle, se dit-il encore, et il se redresse, se tenant dans une pénombre protectrice car il ne veut pas que la femme remarque sa pâleur.

À présent, il pense : Non, c'en est trop. Et cela le met soudain en joie.

Cette joie foudroyante, nerveuse, exagérée, traverse son corps, comme si une main d'une habileté démoniaque lui avait injecté quelque substance responsable de cette bonne humeur délirante et effrayante qui se répand en fourmillant dans ses membres. Il faut que je fasse très attention, se dit-il, sinon ça va dégénérer. Encore un instant et si ce maudit fourmillement et cette satanée démangeaison quelque part dans mon corps ou mon âme ou dans mes nerfs ne s'arrêtent pas, si je ne fais pas attention, si l'envie ne passe pas, je vais me mettre à rire… Rire ? Non, m'esclaffer, exploser, hurler ! À en frapper la table d'hilarité. À me jeter sur le divan, les poings serrés contre mon ventre, à me tenir les côtes tellement je glousserai, tellement je hennirai ! Ça fera un scandale si je ne maîtrise pas cette compulsion que jamais encore je n'ai expérimentée de ma vie ; un esclandre tel que les employés surgiront de la pièce voisine, appelleront le ministère et les pompiers et m'enverront à l'asile et à la retraite. Dans une seconde, je vais me mettre à rire à pleine gorge, se dit-il ; ces mots-là, il ne les aime pas, pense-t-il aussi. Mais ils se présentent à son insu, claironnant leur vulgaire signification avec gaieté et à pleins poumons comme s'ils rentraient enfin à la maison et regagnaient droit de cité après un long exil ; les mots se répandent dans son âme, prennent place et font des galipettes dans son cerveau et dans sa bouche ; encore une seconde et il les crachera sous forme de rire, il les crachera devant la jeune femme, sur le tapis, au milieu de la pièce, devant Dieu et le monde. Car tout cela, c'est vraiment trop, se dit-il à nouveau. Je vais éclater de rire, oui, comme quelqu'un qui se moque de lui-même en même temps que de la terre et du ciel, et de la création. Le diable doit ricaner ainsi, avec autant de désespoir, quand, à ses heures perdues, il en arrive à la conclusion que son visage et son front avec ses cornes ressemblent, même de façon épouvantable et déformée, de loin et à faire peur, au visage de Dieu.

Un instant encore et il va hoqueter sans retenue. Alors, la femme s'affolera et prendra la fuite. Mais au fond, pourquoi se sauverait-elle ? Qu'imaginait-elle, cette femme, en se présentant sans prévenir chez lui, venue de la rue et revenue du temps et de cet espace encore plus effrayant que le temps qui existe quelque part au-delà du cosmos et où ce ne sont pas des corps normaux, ni des représentations, ni des concepts qui vivent mais un chaos confus où se mélangent les corps, les représentations, les phénomènes et les impressions sensibles transformés en souvenirs ? Assurément, ce n'est pas sans raison qu'elle se tient là, sur le seuil. Et il aura beau exploser d'un rire strident face à elle, il peut tout expliquer par le fait qu'elle est là, vivante, devant lui, debout au seuil de la pièce. Une curiosité infinie s'empare soudain de son corps entier ; ce sentiment ressemble à une sorte d'excitation sensuelle. Car enfin ce n'est pas une chose banale que celle-ci. Il n'arrive pas à tout le monde, pense-t-il, d'enterrer quelqu'un pour voir ensuite cette personne surgir d'une tombe complexe qui est à la fois réalité et souvenir, munie de trois couvercles comme les tombeaux des rois païens, et se trouver brusquement en face d'elle, sur le seuil de son bureau, à une heure vingt de l'après-midi. Il vient de regarder l'heure et le calendrier face à lui sur le mur : jeudi, une heure passée de vingt minutes. Que représente le jeudi pour lui ? En général, ce n'est ni un bon ni un mauvais jour, c'est un jour plutôt neutre où les anges gardiens ne s'occupent pas spécialement de lui, pas plus que les minuscules démons, les petits diables goguenards du quotidien qui ne se soucient pas de son sort et ne lui cherchent pas noise.

On dirait que dans le monde les spectres ne rôdent pas que la nuit, se dit-il. Ils viennent aussi le matin, dans la lumière éclatante de midi. Ce fantôme-ci est de chair et d'os. Chair et os très séduisants, note-t-il avec ironie.

Car à présent que s'estompe cette douloureuse envie de rire qui le démangeait, il n'éprouve plus aucune stupéfaction mais plutôt une colère mauvaise et de la consternation. En cet instant, il comprend quelque chose qu'il ne savait pas jusque-là. Il ressent à peu près ce que les hommes ont dû ressentir au moment où Copernic puis Darwin et Freud leur assénaient chacun une démonstration qui allait toujours dans le même sens, c'est-à-dire que l'humanité ne constitue pas le centre de l'univers. En réalité, il s'en doutait un peu. La Terre n'est pas la seule planète de l'univers, les hommes possèdent des parents moins distingués dans le monde et notre intelligence se relie à l'univers instinctif subcognitif comme l'Europe se relie à l'Asie. Quant à lui, en tant qu'individu, il n'est pas le sens et le centre du cosmos – ça, il s'en doutait depuis plus longtemps encore. Mais jamais on ne le lui avait signifié en face aussi brutalement que cette femme, maintenant, qui ne dit rien, debout sur le seuil. Il est de plus en plus vexé. Il rougit. Il perçoit une voix émergeant des profondeurs obscures de la pièce, une voix agréablement rauque, terriblement familière, qui s'adresse à lui d'entre les plis mystérieux d'un grand canapé : « *Tell me, my Heart, if this be Love*[1] *?…* »

---

1. « Dis-moi, mon cœur, est-ce cela, l'amour ? » *(Toutes les notes sont de la traductrice.)*

Et il entend sa propre voix qui demande du coin opposé de la pièce : « Qui a écrit cela ? Byron ?...

– *No, sir*, répond la voix, d'un ton académique et précis. Lyttelton. C'était un lord et il écrivait des vers. »

Ensuite le silence se fait. Seuls les vers anglais sont vivants. Dans la pénombre de l'ottomane, tous deux, la voix et lui, réfléchissent à ce qu'est l'amour. Mais cela s'est passé il y a fort longtemps.

Si longtemps que, au moment où cette voix résonne dans son âme, il se sent soudain épuisé. Il n'a jamais éprouvé une telle fatigue. Cela fait longtemps aussi que la femme se tient sur le seuil, peut-être une minute. Il conviendrait de lui adresser la parole. Mais il reste immobile, la carte de visite à la main. D'un geste lent, il porte cette carte à hauteur des yeux et la regarde. Il ne se presse pas, il a le temps. Un sentiment de sécurité s'empare de tout son être comme si, enfin, tout était libre, tout lui était permis, qu'il n'avait plus besoin de se montrer poli, de respecter les règles et les formes, plus besoin de se dépêcher, d'être gentil, de jouer à l'homme civilisé. Il s'agit à présent de l'un de ces moments où la vie se moque des convenances, où les règles du jeu sont invalidées. Et de savoir cela implique à la fois une forme de mortification et une sorte de soulagement. Un aliéné doit se sentir ainsi, au début de sa folie, quand la raison se sépare des lois connues et du monde ordonné. Maintenant je pourrais m'asseoir par terre, pense-t-il, et enlever mes souliers. Quel terrible soulagement ! On dirait que tout ce qui était en place s'écroule et titube dans une sorte de transe sauvage et joyeuse. Car il n'y a pas que la loi au monde, ou les maisons et les coutumes. L'inverse de l'ordre existe également, ainsi que le mort qui resurgit de son tombeau, et alors celui qui a cru être le centre du monde (un homme, figurez-vous !) devient le jouet de forces incompréhensibles.

En tout cas, il sort ses lunettes d'une poche de poitrine, les installe sur son nez avec soin et minutie et, comme s'il était seul dans la pièce, il lit la carte de visite.

Bien sûr, elle porte un masque, se dit-il, satisfait. Son nom la masque. Un nom étranger. Lentement, il le déchiffre.

Puis, à travers ses lunettes de myope, la carte à la main, il regarde la visiteuse d'un air interrogateur, un peu comme un vieux monsieur.

« Mademoiselle ?... »

La femme prononce son nom. Elle semble avoir légèrement modifié sa voix. Elle est rusée, pense-t-il en souriant. Elle l'a toujours été. Ah, elles ne changent jamais !...

« Je vous en prie. Asseyez-vous », dit-il.

Il se dirige lentement au-devant de la jeune femme puis prend place en face d'elle dans le fauteuil recouvert de soie jaune.

La visiteuse parle à voix basse et ininterrompue, un peu intimidée, comme si elle récitait une leçon. Elle mesure un mètre soixante-huit, évalue-t-il. Et elle pèse cinquante-deux kilos. Elle n'a pas changé. Il écoute la voix aux accents étrangers et hoche la tête.

Il est indéniable que tout cela est assez agaçant mais en même temps amusant, comme lancer un coup d'œil à l'atelier où se fabrique la vie : je perçois enfin quelque chose des secrets de l'atelier où nous, hommes et femmes, sommes fabriqués avec nos mystères. Cette femme est déjà née et morte une fois. Je ne suis pas fou, je sais ce que je vois et ce que je pense. Il y a cinq ans, cette femme est entrée un jour dans mon bureau, exactement de la même façon, elle mesurait un mètre soixante-huit et pesait cinquante-deux kilos. Elle voulait que nous mourions ensemble. Je n'ai pas accompli son souhait. Non, car ce souhait était exagéré, injustifié. Mais il se trouve que cette femme, justement, affirmait que la vie n'est pas qu'une question de droit mais qu'elle est également unique, absolue et déraisonnable, comme si Dieu faisait brusquement une grimace. Elle disait que c'était possible aussi en fin de compte. Elle était croyante, elle pleurait en déclarant cela. Elle allait à l'église tous les matins et priait avec ferveur. D'après Luther, « *alle Kreaturen sind nur Gottes Larven und Mummereien*[1] ». Sombres paroles que celles-ci, il se souvient d'avoir eu des frissons dans le dos en les lisant pour la première fois citées par Huizinga dans son livre *Homo ludens*, sur l'homme et le jeu. Quand il rentrera chez lui, il cherchera ce passage. *Mummereien*. Quelle est la traduction de ce mot en hongrois ? Il y a quelque chose de tordu et de grimaçant dans cette ressemblance de l'homme avec Dieu. La femme est morte seule, on l'a enterrée bien profondément dans sa tombe : aujourd'hui on enterre remarquablement bien. D'ailleurs, en ce moment, on enterre beaucoup d'hommes, même sans cercueil. Mais elle, elle est revenue. Peut-être n'est-ce que son corps qui est de retour ? Qu'avait-elle de plus important, son corps ou tout ce qui émanait d'elle, ses paroles, son sourire, son regard, ses mouvements ? Bien sûr, son corps était important, pense-t-il objectivement. Il sent un tremblement nerveux qui l'électrise tout entier et ses mains fourmillent.

La femme parle et il l'écoute poliment écorcher les mots hongrois tout en hochant la tête, et il voit un visage. Ce visage correspond parfaitement aux traits de la visiteuse. Il pourrait sortir la photo de son portefeuille, la brandir devant elle et lui crier : Mademoiselle, vous trichez. Quelle mascarade jouez-vous ? Quelle

---

1. Traduction habituelle de cette phrase : « Toute la création est face et masque de Dieu. »

méchante impertinence devant Dieu et les hommes !... Une femme convenable ne se présente pas ainsi, sous la forme d'une bien-aimée qui n'est plus ! Il pourrait dire quelque chose d'approchant, avec force. Il pourrait sonner le garçon de bureau et lui ordonner d'appeler la police pour vérifier l'identité de cette belle aventurière... car c'est très certainement ce qu'elle est, une sorte d'aventurière, sinon elle ne serait pas apparue sous le déguisement corporel de la morte. Elle savait précisément qu'elle devait venir ici, dans mon bureau, avec ce visage-là. Mais tu ne m'auras pas une deuxième fois, ma fille, se dit-il. Tu n'as pas réussi la première fois non plus... Il est vrai qu'à la fin, il y a eu un moment où je ne savais pas moi-même quelle était la part du jeu et celle de la vérité. Finalement, elle est morte... pourquoi en fait ? Quand Talleyrand a rendu l'âme, Metternich a demandé : « Quelle pouvait bien être son intention en faisant cela ?... » Lui avait ressenti quelque chose de la sorte en apprenant la mort de la femme dans le journal, un après-midi, en revenant du bureau. Oui, qu'avait-elle voulu lui infliger en mourant, quelle entreprise désespérée et puérile dirigée contre lui ou contre eux deux, quel tour inédit dans leur guerre de trois ans, douloureuse et indigne, quel nouveau stratagème ?... Pendant lontemps il n'avait pas compris ce qu'elle avait voulu signifier par sa mort. En général, les suicidés souhaitent prendre une revanche. Chaque suicidé veut se venger de quelqu'un ou simplement du monde : il veut qu'on le plaigne dans sa mort, qu'on le pleure. Les chanteuses le serinent dans les cafés : « Vous verrez, vous verserez des larmes sur moi. » Non, lui, il n'avait pas versé de larmes sur elle. Si telle avait été son intention, elle s'était trompée, il n'avait pas pleuré un seul instant. Et il n'était pas non plus mort à sa suite, comme on pouvait le constater.

Ainsi, elle est revenue, songe-t-il. Et toujours cette profonde lassitude, cette fatigue que l'on ressent quand on est confronté à la mort. Tout recommence-t-il, depuis le début ? La honte, l'humiliation, l'avilissement ?... Non, ma chère, pense-t-il, le cœur battant, vous arrivez trop tard, mademoiselle ; quelle que soit la raison pour laquelle vous êtes sortie de la tombe ou des espaces inconnus où Quelqu'un joue au gré de sa fantaisie avec la matière de la vie, les visages et les corps, pour vous retrouver ici, aujourd'hui vous n'avez plus le pouvoir de me faire du mal. Tu entends, *my Heart*, je ne te permettrai pas de me faire souffrir à nouveau ! Comment t'appelles-tu ?...

Il déchiffre plus qu'il ne lit le nom sur la carte de visite. Les sons semblent venir d'une langue étrangère. La femme s'est tue. Elle a parlé d'une sorte de bourse et du fait qu'elle aimerait encore rester dans le pays.

« Vous êtes estonienne, mademoiselle ?

– Non, monsieur. Je suis finlandaise. »

Finlandaise. Mais elle ne ressemble pas aux Finlandaises. Elle est grande, maigre et blonde. Type nordique. Elle serait plutôt suédoise.

« J'ai cru que vous étiez suédoise.

– Ma mère est suédoise, monsieur.

– Comment s'appelle-t-elle ? » demande-t-il tout à trac, curieux.

La femme sourit.

« Ma mère ? Ranghild.

– Veuillez m'excuser.

– Je vous en prie, monsieur. Demandez-moi ce que vous voulez. »

Ils conversent de la sorte. La femme répond aux questions de bon gré, avec la même scrupuleuse précision que si elle faisait part de ses données personnelles devant un juge d'instruction. Sa voix est inconnue, elle ne rappelle pas celle de la morte. Il lui manque cette part secrète et rauque qui résonnait dans l'autre voix, évoquant le rire étouffé et moqueur de quelqu'un qui rit dans une pièce obscure. Il écoute la femme et pense : Non, elle n'a pas hérité de sa voix. La voix, c'est l'âme. À cet instant, il songe avec une sympathie complice à la morte qui a gardé sa voix et à cette belle aventurière étrangère qui n'a pu lui voler que son corps. Ils bavardent tranquillement, avec une politesse formelle.

« Puis-je vous demander quel âge vous avez, mademoiselle ? s'enquiert-il en souriant.

– Mais naturellement, monsieur. J'ai eu vingt-deux ans cet été. »

Tu mens, se dit-il en hochant la tête. Ton corps a plus de vingt-cinq ans. Je le sais mieux que toi.

« Vous ressemblez beaucoup à votre mère, mademoiselle ?

– Beaucoup en effet », répond-elle avec vivacité. D'un mouvement instinctif, elle se tourne vers son sac comme si elle voulait y chercher une photo. Puis, gênée, elle arrête son geste avec pudeur et remet ses mains sur les genoux. Elle rougit. La question a touché un point sensible, peut-être ne se rappelle-t-elle pas volontiers sa mère. Elle se tortille sur place, à présent elle est moins scolaire et mécanique qu'elle ne l'était dans les premières minutes. Il est visible qu'elle aimerait dire quelque chose. Mais elle se contente de déclarer : « Ma mère vient juste de se marier.

– Oui, répond-il.

– Mon père est mort. »

Histoires de famille. Il lui demande machinalement : « Il était pharmacien ? »

La femme ouvre grand ses yeux gris-vert et le regarde.

« Pharmacien ? Non, dit-elle, surprise, d'un air un peu niais. Pourquoi pharmacien ? Il était pêcheur. »

Ils rient, gênés. En effet, pourquoi le père de cette femme aurait-il été pharmacien ? Le père de la morte l'était mais les choses ne se répètent pas avec une similitude aussi ridicule. Malgré cela, il ne regrette pas sa question, il ne regrette rien. Jamais de la vie il n'a ressenti une telle liberté et une telle désinvolture. Je peux tout lui demander parce que la vie joue avec moi, songe-t-il. À présent les règles sont renversées, quelqu'un joue avec moi. Je peux demander ce que je veux…

« Pêcheur ? Avec une ligne et un hameçon ?

– Non, monsieur, répond-elle sérieusement. Pêcheur avec des bateaux et d'autres pêcheurs. Je ne lui ressemble pas. Il avait les yeux bleus, portait des lunettes et il aimait surtout lire. Il avait lu le Kalevala[1] plusieurs fois. C'est de là que vient mon prénom. »

Il regarde sa carte.

« Laine ?…

– Non. Aino. Ce nom, on le trouve dans le Kalevala. C'est la raison pour laquelle mon père l'aimait.

– Que signifie-t-il, mademoiselle ? Anna ?

– Non. "Unique", voilà ce qu'il signifie. Unique, répète-t-elle soudain, et ses yeux gris-vert s'obscurcissent, sa voix baisse d'un ton, comme si quelque chose s'était effondré dans son âme. "Unique", dit-elle encore une fois, sur un ton légèrement teinté d'excuse.

---

1. Très long poème composé par Elias Lönnrot au XIXe siècle et fondé sur un ensemble de légendes et de chants populaires finlandais que l'auteur avait recueillis au fil des années.

– C'est un joli nom, dit-il gentiment. Et Laine ? Signifie-t-il quelque chose aussi dans le Kalevala ?… Mais alors vous êtes véritablement un être mythique, mademoiselle. Sortie d'une légende nordique, l'Unique…

– Laine, dit la femme en souriant. Non, Laine n'est qu'un nom terrien. Très banal. Comme, chez vous, Nagy ou Kovács.

– Une héroïne de légende nordique ne peut avoir un nom de famille commun, dit-il gravement.

– "Vague". En finnois, ça veut dire "vague", c'est tout. Aino Laine, Unique Vague.

– Unique Vague. C'est vraiment très beau. »

La femme hausse les épaules.

« C'est très répandu chez nous. C'est comme ici Suzy Kovács.

– Oui. Mais le fait d'être étrangère, c'est déjà un peu comme sortir d'un conte. Si de surcroît vous avez un joli nom… Depuis quand apprenez-vous le hongrois ?

– Depuis deux ans, à l'université. Depuis que j'ai décidé de venir ici.

– Que voulez-vous faire ici ? » lui demande-t-il sans ambages.

La femme regarde la pointe de ses chaussures et joue avec ses gants.

« Ce que je veux ? » dit-elle comme si elle se parlait à elle-même. À présent elle est très sérieuse, de cette sorte de gravité enfantine, anxieuse, qui déforme presque son visage « Nous, Finlandais, éprouvons parfois le désir de venir ici.

– Aujourd'hui, on ne voyage pas pour le plaisir, mademoiselle, dit-il d'un ton officiel.

– Oui, vous avez raison. » Elle soupire. « Mais nous, Finlandais, cela ne nous empêche pas de ressentir ce désir de la Hongrie. Quand la guerre a éclaté, une bombe a touché la maison de mon père, au bord de la mer. L'une des premières bombes est tombée sur notre maison, dit-elle sur le ton de la conversation, avec simplicité. Puis mon père est mort et ma mère vient de se remarier. Je suis professeur et j'ai appris à parler hongrois. Je voudrais un travail, poursuit-elle sur le ton de la confidence, avec franchise.

– Pourquoi n'enseignez-vous pas chez vous ? » demande-t-il avec sévérité, le sens de sa question étant : Pourquoi n'es-tu pas restée loin de moi ? Passe ton chemin, mon enfant. Je suis fatigué et tranquille. Je t'affirme que tu ne peux plus me faire de mal, quelles que soient les simagrées de la vie.

Mais la jeune femme précise : « Parce que je n'aurais pu aller que vers le Nord, parmi les Lapons, dans le noir. Seulement, moi, je ne peux vivre qu'en ville. J'ai besoin de tout ce que l'on trouve en ville… les bibliothèques, les théâtres… Les magasins aussi, ajoute-t-elle avec sincérité. Vivre dans un village, au Nord, avec les Lapons… non, monsieur. Plutôt mourir.

– Pourquoi ne vous êtes-vous pas mariée ? »

À présent la conversation n'a plus rien d'officiel : ils parlent de l'existence, d'une voix forte et exigeante, comme deux débatteurs, avec une franchise affirmée et crue. Sans transition, ils sont passés à l'essentiel et chacun ressent cette tonalité impérieuse.

« Parce que c'était insupportable !

– Quoi ?

– Sa personnalité et ses manières. » Elle rit. « Il disait toujours : "Veuillez me prêter attention." Non, dit-elle en secouant la tête, non, je ne le supportais pas.

– Quel âge avait-il ?

– Oh, répond-elle sans façon, d'un ton compatissant, il n'était plus tout jeune. Il a eu cinquante ans cet été.

– Oui, acquiesce-t-il avec politesse, en effet, à cinquante ans on n'est plus tout jeune. Et que voulez-vous maintenant ici ? »

Elle regarde le brouillard par la fenêtre et parle lentement, en direction du brouillard : « Ici ? Mais je vous l'ai dit. Un visa. Un permis de séjour. Le consul m'a dit que vous m'aideriez. Et puis, je voudrais aussi un travail. Je parle français et anglais.

– Et hongrois. Beaucoup de gens parlent hongrois là-haut, mademoiselle ? »

À présent, la conversation a tout à fait pris le tour d'un interrogatoire. Un fonctionnaire parle avec une

Finlandaise qui aimerait un permis de séjour et un emploi en Hongrie. Une affaire banale, pense-t-il, et il sourit.

« Hélas, ce n'est pas aussi simple que vous l'imaginez, mademoiselle. Nous sommes en guerre, que croyez-vous ?... Rentrez chez vous, en Finlande, je vous prie. C'est là-bas qu'on a besoin de vous. Engagez-vous comme *lotta*[1] ! De toute façon, ce sera plus utile que de déambuler en Hongrie comme un spectre. Puis-je me permettre de vous demander si vous ressentez la parenté finno-ougrienne quand vous êtes seule dans votre chambre un soir de pluie ? Pourrions-nous éventuellement partir à la recherche de nos racines finno-ougriennes ensemble ? »

La femme répond avec politesse : « On enseigne la langue hongroise à l'université. » Elle se lève. « Souhaitez-vous en savoir davantage, monsieur ? »

Le hongrois qu'elle parle est fluide, avec un timbre étranger mais une syntaxe correcte. Toutefois, elle semble sélectionner avec un soin méticuleux chaque mot dans un assortiment un peu pauvre. Elle s'exprime en hongrois avec économie, comme si elle craignait de voir s'épuiser trop rapidement son vocabulaire. Parfois elle se réjouit d'un mot qu'elle prononce avec force, tel

1. Corps d'auxiliaires féminines de l'armée finlandaise, créé en 1918, au moment de l'indépendance de la Finlande.

le mot « vague » peu auparavant. Elle est calme et courtoise. Mais maintenant, comme si elle avait compris ou senti quelque chose, elle redevient une dame, froide et réservée. Elle s'apprête à prendre congé ; elle a redressé sa tête vers l'arrière, elle met ses gants, très civilisée, très lointaine.

« Pardonnez-moi », marmonne l'homme. Quelle gaucherie ! s'étonne-t-il. Pourquoi demander pardon ? Et si elle s'en allait ? Pourquoi ne s'en irait-elle pas ? Qu'elle retourne en Finlande, parmi les lacs et les racines linguistiques.

« Je vous en prie », dit-elle. Mais elle ne se rassied pas. « Il n'y a rien à pardonner. Puis-je compter sur votre aide, monsieur le conseiller ? Je suis professeur de français et d'anglais. Tenez, voici mes papiers. »

Elle lui tend son passeport et deux diplômes. Il les prend mais ne bouge pas. Ce n'est pas de cela qu'il s'agit, mademoiselle, songe-t-il. Les diplômes sont peut-être authentiques ; malgré tout, ce n'est pas de cela qu'il s'agit. L'autre aussi avait des diplômes, excellents et véridiques.

« Je vous en prie, asseyez-vous », dit-il, à la fois troublé et déterminé.

La femme prend son temps pour s'asseoir. À présent, l'homme contemple le brouillard à travers les vitres. Il se lève, se dirige vers la fenêtre, les mains croisées dans le dos. Quand la guerre sera finie, je ne serai plus jeune, pense-t-il machinalement. Puis il dit, par-dessus son épaule, en direction du brouillard et de la femme : « Voulez-vous venir avec moi à l'opéra ce soir ?

– Oui », répond-elle avec calme.

Et, comme il ne dit rien, elle ajoute : « J'aime beaucoup la musique hongroise. »

Alors tous les deux, soulagés, se mettent à rire comme les danseurs d'un bal masqué au moment où ils se démasquent. Il se tourne vers la femme en souriant. Elle soutient son regard en souriant aussi et hausse légèrement les épaules ; d'un geste qui signifie : C'est toi qui l'as voulu. Voilà.

« Où allez-vous maintenant ? » demande-t-il, et il s'étonne d'entendre dans sa voix l'insouciance, le joyeux abandon qui résonne de façon si révélatrice. Comme si chaque mot signifiait : Quoi que tu fasses, tu ne peux plus me faire de mal. La femme acquiesce sur le même ton complice et joyeux.

« Vers le centre-ville. » Elle désigne la fenêtre de la main. « En traversant le pont.

– Je vous accompagne, si vous le permettez. » Et il sonne.

Le portier le salue, le portail de la grande maison se referme derrière eux. Ils descendent la colline par un étroit sentier et la neige fraîche crisse sous leurs pas.

Ils marchent en silence, la jeune femme regarde autour d'elle avec gaieté, elle scrute la neige, le brouillard.

Ils traversent le pont à pied. Toujours en silence. Au milieu du pont, un vieil homme nourrit les mouettes. Ils s'arrêtent sans rien dire, s'accoudent à la rambarde du pont, contemplent les oiseaux qui piaillent.

« Comme elles ont faim ! » dit la jeune femme.

Il ne répond pas. Le grand fleuve a gelé au cours de la nuit, il ressemble maintenant à une passion déferlante dont une force glaciale et implacable, peut-être une intelligence suprême, aurait immobilisé le cours. À certains endroits, l'eau traverse la surface gelée, créant de petits lacs glauques au sein des pierres de glace. Les mouettes sont posées sur les rives de ces lacs minuscules et c'est de là qu'elles s'envolent, mues par des incitations obscures ou des informations mystérieuses, on dirait que quelque chose leur vient à l'esprit ou que quelqu'un leur souffle une nouvelle concernant la vie, la nourriture, les événements. Elles prennent leur envol par groupes de trois, quatre, leurs battements d'ailes effleurent la surface de la rambarde et elles tournoient en l'air. Elles crient et descendent en chute libre comme des suicidées. À présent la troupe entière décolle, à trente ou quarante, dans un branle-bas insensé. Elles se dirigent vers l'est puis se laissent tomber des hauteurs vers le pont, les ailes déployées, oscillantes, flottant avec langueur.

« Elles viennent de votre pays, remarque-t-il.

– Oui, répond-elle, indifférente. Plutôt du pays de ma mère. Là-bas, il y en a beaucoup, dans les fjords, du côté de la Norvège. Elles sont très avides, précise-t-elle.

– Pensez-vous qu'elles aient froid ? demande-t-il comme s'il s'adressait à quelque spécialiste.

– Certainement », dit-elle.

De ses yeux gris-vert, elle observe avec froideur et détachement les oiseaux criards qui luttent pour la vie, pour leur subsistance. Le vieil homme jette ses miettes de façon régulière dans les profondeurs, toutes les deux minutes, du même grand mouvement de bras que le pêcheur qui lance sa ligne au-dessus de l'eau. Les oiseaux ont compris le rythme et ils plongent en quête des morceaux à la seconde même où ils sont lancés, en voltigeant avec une folle précision. D'autres personnes nourrissent les mouettes, quelques pas plus loin, une femme jette des bouts de pain dans le fleuve, en direction des îlots de glace. Les passants s'arrêtent, relèvent en grelottant le col de leur manteau, s'accoudent au parapet et contemplent longuement ce drame muet, les mouettes mendiantes et leur bivouac glacial sur le fleuve gelé.

« Les mouettes aiment bien cet endroit, dit la jeune femme. Je les vois tous les jours, chaque fois que je traverse le pont. Il y a toujours quelqu'un qui s'occupe d'elles. En général, ce sont des hommes, remarque-t-elle.

– Oui. Pensez donc, elles viennent de tellement loin ! Elles ont traversé des contrées et des mers glacées. Puis elles arrivent ici sur le Danube et se reposent. Elles ont besoin de matière grasse. Quelle absurdité que leur vie ! Non ?… »

La femme lève ses froids yeux gris-vert et fixe l'homme. Elle dit d'une voix rauque : « Absurde ?… » Elle hausse les épaules. « Elles vivent. Elles s'y appliquent avec une grande force. Regardez… »

Oui, c'est vrai, les mouettes sont visiblement obligées de fournir une énorme énergie pour exister et ne se demandent pas si la vie d'une mouette a un but. Elles sont arrivées en provenance de pays lointains plongés dans la nuit, elles ont survolé l'hiver et la guerre avec une ardeur muette, elles ont cherché dans l'infini des champs d'azur, flairant, tâtonnant, le chemin qui les mènerait vers des températures un peu moins basses et des fleuves charriant des blocs de glace moins compacts. Elles glapissent, de leur voix criarde, éraillée, sans une once de sensiblerie. Mais comme elles sont belles !… C'est la première fois de sa vie qu'il observe le vol des mouettes. Pendant des dizaines d'années, j'ai traversé ce pont deux fois par jour et c'est la première fois que je prête attention aux mouettes, songe-t-il. Je les regarde avec les yeux de cette femme. Elle a les mêmes yeux gris-vert que l'autre… des yeux d'oiseau ou d'animal. Elle toussote à présent. Elle lève une main gantée devant sa bouche. Elle a quelque chose d'un renne enrhumé, pense-t-il, quelque chose de délié, de musclé et de frémissant. Mais son regard ! Indifférent, presque cruel ! Comme les yeux des mouettes. On dirait qu'elle guette la nourriture, à l'instar de ses camarades et parents, les oiseaux venus du Nord. Son regard est froid et inquisiteur : elle observe la ville à travers le brouillard, comme si elle savait quelque chose du destin, de la dure destinée des oiseaux et des hommes. Non, cette femme n'est pas sentimentale.

Cependant elle dit d'une voix plus douce et plus légère : « Regardez la façon délicate dont elles se laissent tomber. Comme une main… »

Elle ne termine pas sa phrase. Ils contemplent tous deux le brouillard. L'homme se penche au-dessus du fleuve et, sans un regard vers la femme, lui demande : « Vous aimez la délicatesse ?…

– Oui. C'est une qualité suprême. »

Et comme si elle n'avait plus rien à faire ici, au milieu du pont, elle se met à avancer de son pas allongé d'oiseau en direction de l'autre rive. Ils marchent en silence, les mouettes traversent le ciel au-dessus d'eux à nouveau, entre les parapets du pont. Côté Pest, la femme s'arrête et ôte un gant. Sa main est fraîche, lisse, tel un objet en ivoire.

« À ce soir, à l'opéra, dit-elle en souriant.

– Sept heures et demie, répond l'homme. Puis-je venir vous chercher ?…

– Non, dit-elle d'une voix traînante. Nous nous retrouverons… cinq minutes avant le début, dans le hall.

– Je vous en prie », réplique-t-il, vexé.

La femme rit et tend la main.

« Il ne faut pas vous fâcher tout de suite, monsieur.

– Non. Vous avez raison. Il ne faut absolument pas se fâcher. Tout, mais surtout ne pas se fâcher.

– Oui. Je suis contente que vous compreniez cela. »

Les yeux à moitié cachés sous les cils, ils se regardent avec attention et sérieux. La femme hoche la tête, un peu timide mais en même temps mondaine. Puis s'en va.

Il a mal à la tête. Il rentre dans un Espresso, un de ces bars à la mode qui ont proliféré comme des virus, il s'accoude au comptoir en demi-cercle, boit une minuscule tasse de café et, pour l'accompagner, avale quelques minces tranches de pain de guerre tartiné de saveurs douteuses. Le lieu ressemble à une boîte que des doigts nerveux auraient bourrée de chiffons et de chutes de tissu multicolores : des femmes en boléro bariolé et en veste de fourrure courte jacassent, assises aux tables ; quant aux hommes, de leur place au bar, entre deux bouchées de sandwich, un petit verre de vermouth à la main, ils les passent en revue avec des regards sans équivoque, les mêmes regards lents et sélectifs que dans les maisons de tolérance où le client, au moment de choisir une partenaire, n'est plus freiné par les préjugés sociaux. Ici, c'est un marché ouvert, le marché grouillant et sans gêne de l'amour. Des bourgeoises y entrent entre deux courses, avant le déjeuner, et répondent froidement et sans complexe aux regards interrogateurs des hommes, des femmes qui ne recherchent plus la passion, ni même l'aventure habituelle des grandes villes, mais simplement un compagnon occasionnel et fugace au cours de la fuite éperdue et hystérique qui seule procure valeur et contenu à leur vie : elles errent entre coiffeuse, salons de bridge et Espressos, cherchant à échapper à l'ennui de la civilisation qui dévore l'écorce de leur existence comme une sorte de lèpre. L'ennui. Le foyer n'est plus un chez-soi pour ces femmes mais seulement une des chambres de torture de cet ennui, et le rendez-vous amoureux remplit la même fonction que la piqûre de morphine pour le cancéreux : pendant un instant, elles ne ressentent plus le supplice du vide mais ensuite, passé la brève ivresse, banalisée et coutumière, la douleur feutrée de l'ennui les tourmente d'autant plus. Cette douleur les ronge de l'intérieur et rien, ni les piqûres, l'alcool, les potins, les cartes, les aventures, ni même les stupéfiants, ne réussit à neutraliser la conscience de leur souffrance idiote, cruelle et brûlante. Qui sont ces femmes et leurs comparses, ces hommes qui commercent avec elles, qui font leur choix parmi elles ?… Il regarde distraitement autour de lui, reconnaît quelques visages et rend quelques saluts. C'est une boîte raffinée ici, en acajou, et son contenu est sélectionné. Ce bric-à-brac, ces détritus, ces chiffons humains figurent dans les magazines illustrés où ils exhibent leurs mollets sur les photos prises dans les stations balnéaires à la mode, les mêmes peuvent affirmer qu'ils « y étaient » quand des nouveaux riches, se sentant obligés d'accomplir une bonne œuvre, achètent un tableau à un peintre dans la misère ; ce sont eux, ces badauds fébriles, qui se bousculent dans les théâtres et traitent de « nullissimes » ou d'« épatantes » les pièces de circonstance élaborées avec une grande dépense d'énergie et un besoin avide de plaire et de réussir, ce sont eux qui achètent à prix d'or des crèmes pour le visage, qui vont chercher à Vienne des fanfreluches à mille pengő alors que de vieux juges, accablés de soucis, s'apprêtent à transformer en argent, en nourriture et en vêtements d'enfant leur maison de campagne à Göd, fruit d'une vie de labeur… Pourquoi t'étonner ? se demande-t-il en posant un regard froid sur le plumage agité de cette volée bourdonnante d'oiseaux bariolés. Ils sont le « beau monde », comme si tu ne le savais pas encore ! C'est à propos de cette « bande » que les philosophes des temps modernes ont écrit des essais alarmants, à propos de cette multitude qui, tellement différente d'une assemblée populaire dans une cour d'usine, muette et grave, est une masse dont on retrouve et remarque les membres, même isolés, dans la salle d'attente d'un dentiste ou dans les garçonnières des nouveaux immeubles. Car, même seuls, ils représentent leur clan. Leur âme n'est qu'un atome de l'ensemble, de cette absence de personnalité couverte de paillettes et bourgeonnante qui pullule, qui a une « opinion » sur tout et pour ainsi dire aucune connaissance réelle sur rien et qui, frénétique, voltigeante, cherche sans but et sans intelligence une sorte de direction, d'orientation... Mais pourquoi t'étonner encore ? Ce « beau monde » n'est que l'écume de la civilisation, ces femmes au visage peint comme les momies égyptiennes, ces hommes au regard fixe et méchant qui portent leur costume de bourgeois à la mode merveilleusement taillé tel un uniforme de société secrète. Cette complicité glaçante partout. Partout cette communauté de sang prête à tout, clignant des paupières, échangeant du regard des signes sexuels, commerciaux et idéologiques. Cette saleté humaine lisse et parfumée qui a un corps, un système nerveux et la faculté de la parole mais qui n'a plus d'âme. L'âme, qu'est-ce donc ? Un organe, un organe immatériel qui peut répondre à l'éros, au grand, au véritable éros, et qui transporte le courant entre le monde et l'éros. Un miracle et une miséricorde.

Qu'en savent-ils, ceux-là, de l'éros ? pense-t-il, et il s'appuie contre le bar, sort son briquet puis, avec des gestes rituels et précis, allume lentement une cigarette. Quelqu'un à la table voisine parle à mi-voix du « matériau » et une femme rit de façon lascive, comme si on la chatouillait. Le « matériau » : voilà le mot magique qui fait frémir les nerfs de cette race d'hommes, le matériau, c'est-à-dire l'or, ou le textile, ou le café, le pétrole, quelque chose que l'on peut toucher, que l'on peut cacher et que l'on peut ensuite, d'un geste spectaculaire de prestidigitateur, faire surgir à partir de rien au milieu de la misère humaine atterrée. Le matériau. Le tissu. La semelle, la « chaussure à semelle de cuir »… Les yeux étincellent. Et ils échangent du matériau contre du matériau, les femmes donnent de la chair contre du tissu, des bras blancs contre des essences de parfum dont elles aspergent leur corps. Ne te scandalise pas, se reproche-t-il. Ce sont des êtres humains, ils ont toujours été ainsi… Il souffle la fumée, regarde au-dessus des têtes des femmes et des hommes, contemple les ombres furtives dans la rue hivernale de la grande ville. Vraiment, sont-ils, ont-ils toujours été tous pareils ?…

Non, il y a cinquante ans, ils n'étaient pas encore comme ça, pense-t-il à présent, sévère jusqu'au bout. Cet homme grégaire, c'est une nouvelle race. Il y a cinquante ans, en Europe, tout le monde était bête ou intelligent, bon ou méchant, pauvre ou riche, selon ses propres lois individuelles. Quelque chose s'est produit entre-temps. Grâce aux canalisations, à la prophylaxie et autres nobles découvertes, la démographie a augmenté et plus elle a augmenté, plus les hommes ont abdiqué leur personnalité. Les villes ont grandi, tels des monstres de ciment apocalyptiques, et elles ont dévoré les hommes. Ils ne sont plus des individus mais des données dans une statistique. Ils ne ressentent plus ni leur vie ni leur mort. Rilke a dit : « *Man muss seinen eigenen Tod haben*[1] »... Un homme peut de quelque façon s'habituer à sa propre mort. Quand elle vient nous chercher, implacable, rapide ou lente, elle nous est familière, nous avons plus ou moins fait la paix avec elle. Mais cette mort sous forme de statistiques qui règne sur les masses de certaines parties de la planète... non, les hommes ne vivent plus leur propre mort, ils naissent, vivent et meurent telles des cellules dans une culture chimique. « Mais moi, je ne peux vivre sans la ville. » Elle a dit cela avec une telle sincérité... Oui, c'est sûr qu'elle ne peut pas vivre sans la ville. Et l'autre non plus ne pouvait pas. Elle raffolait de ces lieux de rendez-vous à la mode aux effluves de café, ses yeux brillaient quand elle entrait, plusieurs fois par jour, un livre ou un petit paquet à la main, dans l'un de ces endroits enfumés et troubles, pleins d'odeurs et de voix familières, elle sou-

1. « Chacun doit avoir une mort qui lui est propre. »

riait en lançant de ses yeux myopes, sous ses paupières à moitié plissées, un regard insaisissable, un peu ironique comme si elle rejetait tout cela. Mais en même temps qu'elle se lovait sur le moelleux sofa avec les mouvements félins d'un animal raffiné, se penchant au-dessus des petites tables rondes et des tasses de café, brandissant la flamme de son briquet en argent, elle se vouait à ce mystère qu'était la ville… Elle non plus ne pouvait s'en passer. Quand il l'emmenait à la montagne, au bord de la mer ou dans la forêt, elle emportait toujours la ville dans son bagage. Et moi ?… se dit-il. Est-ce que je peux, moi, vivre sans la ville ? N'est-elle pas ce qu'un Européen peut s'offrir de mieux : cette opacité, les murs, les belles pierres, les clochers et l'ombre des églises, cette cohue, cette communauté humaine à la vie à la mort ?… Pourquoi te poser en juge ? Pourquoi te leurrer ? Ce dernier millénaire, n'est-ce pas dans les villes que l'on a élaboré tout ce qui a donné du sens et de l'intérêt à la vie ?… Les femmes, au moins, sont sincères. Et à présent que les villes ont enflé de façon démesurée, que la vie a cessé d'être à taille humaine, cette fuite artificielle vers le village et la nature serait-elle sincère ? Je ne crois pas, conclut-il. Il paie son café. Mais il ne sort pas tout de suite.

Ils se rencontraient parfois ici en début de soirée, avant le théâtre ou le dîner – la dernière fois qu'il l'avait vue, c'était ici, à sept heures du soir, quelques jours avant son suicide. Ils étaient assis dans un coin, sur la confortable ottomane, dans le renfoncement avec la glace. Ils avaient parlé de la mort. La femme lui avait demandé s'il voulait mourir avec elle ; elle l'avait fait sur le ton de la conversation, la boîte en acajou était remplie de gens, elle parlait tranquillement comme si elle avait juste voulu savoir s'ils iraient au cinéma ou se promener. Alors il avait répondu en passant comme on le fait quand on échange des plaisanteries. Non, avait-il dit, il n'avait pas envie de mourir avec elle, de façon générale il avait le sentiment qu'il n'était pas encore temps de mourir. Confronté à cette question irrecevable et désinvolte posée à sept heures du soir dans un Espresso du centre-ville, il avait répondu de manière distraite et négligente, comme aux questions insistantes et geignardes d'un enfant… et en même temps il savait que la demande n'était ni désinvolte ni irrecevable. Quelques jours plus tard, il avait pris connaissance de la réalité… mais cette réalité n'était qu'une conséquence ; la femme était morte à l'instant où elle avait énoncé sa question, en fumant tranquillement sa cigarette et en buvant son café, là-bas dans le coin de la salle, dans le renfoncement de la fenêtre, car la réalité de la vie et de la mort se trouve déjà dans les mots. Naturellement un tel suicide est une vengeance puérile et folle, rien d'autre, et peut-être ne savait-elle même pas contre qui elle allait l'exercer. Le poète a raison, qui dit que l'homme attend sa propre mort. Sur le moment il avait répondu calmement qu'il accepterait sa mort quand elle viendrait le chercher mais qu'il ne voulait pas mourir de sa propre main, ni avec elle ni seul. Que désirait-il encore de la vie ?... lui avait demandé la femme. Tout cela exprimé sur ce même ton de bavardage dans un coin de salon. Il avait répondu que dans la vie (il se souvenait précisément de chaque parole) il ne souhaitait rien d'autre que de remplir ses obligations. La femme avait ri. Elle avait ri sans bruit, pas vraiment ironique, plutôt triste, comme si elle savait quelque chose et regrettait de ne pouvoir transmettre son expérience à cet homme qui ne voulait rien entendre. En l'écoutant, il avait eu malgré tout un peu honte. Ce rire silencieux, il s'en était rendu compte quelques jours plus tard, lui parvenait d'au-delà de la mort et ôtait toute signification à la réponse virile et fière qu'il avait assenée à la femme. Comme s'il avait lu cette réponse dans un éditorial. « On remplit ses obligations »... cela avait fait sourire la femme. Et pour la première fois de sa vie il n'avait su que répondre à ce sourire.

Elle souriait parce qu'il n'avait rien trouvé d'autre que cette réponse si ordinaire. Encore vingt sur vingt, comme à l'école, au bureau, dans la vie... « Non, avait dit la femme, la vie n'a pas seulement une portée humaine. On peut peut-être attribuer un autre sens aux expériences, au destin de l'humanité, à tout ce qui, dans la vie, est bien ou mal » – elle-même ne connaissait pas la réponse mais elle avait la certitude que tout ce que les hommes considéraient comme effrayant ou incompréhensible ne l'était pas simplement sur un plan humain. L'homme s'aveugle complètement du simple fait d'être un homme, avait-elle dit en continuant de sourire. Oui, la réalité le rendait bête. Ne pensait-il pas que pour un arbre, pour un rocher, le monde avait une existence au moins aussi inéluctable que pour un fonctionnaire de l'État ?... « C'est possible, avait-il répondu, mais alors ce qui donne du sens à l'arbre et au rocher se trouve dans l'accomplissement de leurs obligations... » À ce moment-là, ils s'étaient arrêtés de parler. La femme s'était penchée en avant, aspirant avec avidité la fumée amère à travers son fin fume-cigarette en argent, avec un regard attentif et cruel. Ils étaient restés longtemps ainsi. Ensuite, sans mot dire, il l'avait raccompagnée chez elle. « Demain ? » lui avait-il demandé en prenant congé dans la cage d'escalier où ils attendaient l'ascenseur et où régnait une pénombre fantomatique dispensée par l'affreux éclairage bleu-vert du néon. « Demain ? avait-elle répété. Non, demain, sûrement pas. – Après-demain ? – Peut-être », avait-elle dit tranquillement. Ils s'étaient serré la main, il était rentré chez lui. Trois jours après, il avait lu dans le journal qu'elle était morte après avoir avalé de l'acide prussique. Plus tard il avait demandé à son médecin en combien de temps l'acide prussique agissait sur un être humain. « Trente secondes », avait-il répondu. Puis, après réflexion, il avait ajouté par acquit de conscience : « Peut-être une minute... » La femme était chimiste, il lui était facile de s'en procurer.

Oui, elle était chimiste, adolescente déjà elle aimait manipuler les poisons dans le petit laboratoire sombre de la pharmacie paternelle et plus tard, dans le laboratoire des professeurs à l'université... Mais combien de temps dure une minute ? Très longtemps, a-t-il pensé sérieusement. Une minute, c'est terriblement long. Dieu a mis une minute sidérale à créer le monde et quelqu'un peut mettre une minute à mourir, si cette personne a un père pharmacien et qu'elle-même est une chimiste capable de se procurer de l'acide prussique. Il n'avait pas vu la morte. Les journaux avaient décrit en détail les circonstances du suicide, la chambre, la situation dans laquelle on avait découvert la suicidée, en précisant qu'on n'avait trouvé aucune lettre d'adieu, que la cause de son acte restait inconnue... Six mois plus tard, il avait rencontré le père de la femme, le pharmacien, dans un café peu fréquenté de Buda ; troublés, ils s'étaient salués, le père, gêné, s'était levé de sa table et incliné bien bas, avec l'empressement désemparé et l'embarras voilé d'un être qui, dans son émotion, fait des courbettes à un grand seigneur ou à la fatalité. Lui aussi s'était incliné et il s'était arrêté, chapeau et canne à la main, comme on fait quand on se recueille un instant devant la misère humaine et que l'on est pressé de repartir parce qu'on a autre chose à faire. Mais il n'était pas parti. Le pharmacien lui avait fait signe de prendre place à sa table et ils s'étaient assis, avec égard, l'un en face de l'autre, sans un mot. « Le vaurien », avait dit le pharmacien, rompant le silence, d'une voix rauque, sans transition aucune, et il s'était mis à pleurer. C'est ainsi qu'éclate une crise de larmes pudique chez les hommes vieux et malades. Il pleurait sans larmes, en fait il s'étranglait plutôt. La femme lui avait appris que son père était cardiaque et à présent qu'il le revoyait, six mois après l'enterrement, il décelait quelque chose de pitoyable, une impuissance tragique chez ce petit homme grassouillet au visage pâle qui conservait et mélangeait toutes sortes de drogues chez lui, dans sa pharmacie ; cependant, parmi ces innombrables médicaments, aucun n'aurait pu sauver la vie de sa fille. Il aurait voulu lui demander où cette dernière s'était procuré l'acide prussique mais le vieux continuait à pleurer sans larmes, à la façon d'un asthmatique, étouffé par l'impuissance à laquelle cède un homme qui a cessé de s'insurger et qui, n'attendant plus de réponse, s'abandonne à la conscience de cette impuissance et gronde de colère et de honte… « Qui est le vaurien ? » s'enquit-il d'une voix calme. L'homme en pleurs resta coi. Ils étaient presque seuls dans ce café reculé, à l'exception d'une vieille femme dans un coin qui lisait des magazines illustrés vieux de quelques semaines. « Vous ne savez pas ? » demanda le vieil homme avec la stupéfaction d'un enfant qui voit s'écrouler la croyance et la confiance qu'il avait placées dans un adulte. « Mais pourtant vous le connaissez... J'ai cru que vous saviez », poursuivit-il, confus. À présent, il ne pouvait plus lui poser de question, il fallait patienter. « Mais pourtant elle..., dit alors le père d'une voix traînante. Elle m'a affirmé que vous, monsieur le conseiller, vous étiez au courant de tout. Je pensais que vous saviez qu'Ilona aimait G. » Le soleil brillait et le café se remplissait d'une lumière aveuglante et implacable. G. avait été le professeur de la fille. « J'ai cru que vous saviez, répéta le père en marmonnant. Le vaurien », dit-il encore une fois, tout bas. Ils restèrent silencieux un long moment. « Si un jour vous venez chez moi, monsieur le conseiller, je vous montrerai les lettres, reprit le père de façon inattendue, d'une voix calme et sur le ton de la conversation, je sais quel bon ami vous étiez pour Ili. » Le vieux parlait à présent d'une façon aimable et soulagée, comme après une crise. Il le regarda bouche bée. La vie est vraiment surprenante, songea-t-il, comme quelqu'un qui se réveille pour apprendre qu'il a gagné le gros lot ou se souvenir que la veille au soir, alors qu'il attendait à sa porte que le concierge lui ouvre, on lui a asséné un coup de gourdin. Il serra la main du père et s'en alla sans rien dire.

Deux mois s'écoulèrent avant qu'il aille rendre visite au pharmacien. Entre-temps il s'était procuré une photographie du professeur. Il l'avait découpée dans une revue illustrée qui affichait le portrait du savant à l'occasion d'une nouvelle découverte en chimie, à une époque où G. faisait des conférences dans une université étrangère. Naturellement, l'image était une photo retouchée, vieille de quinze ou vingt ans. Elle représentait un G. trentenaire, dans le style guindé des photos des années vingt. Sur ce cliché, le chimiste ressemblait plutôt à un jeune négociant endimanché qu'à un savant. Il arborait une moustache en croc, un col rabattu et une cravate au nœud tout fait. Les yeux méfiants et interrogateurs de ce jeune visage contemplaient le monde d'un air sévère. Il avait gardé cette image dans son portefeuille pendant un certain temps. Un jour il avait lu dans un journal que G. donnait un cours à six heures du soir à l'intention des profanes dans le cadre d'une quelconque éducation populaire. Un nombre surprenant de gens se pressaient dans la salle mal éclairée, des jeunes, des vieux, des gens qu'il n'avait jamais rencontrés, qui visiblement célébraient une sorte de rite secret et qui attendaient l'apparition de G. avec une quasi-exaltation. Le conférencier arriva à l'heure précise. À six heures, il monta sur l'estrade et, sans un regard pour personne, sans prêter la moindre attention au public, il se planta devant le tableau noir et inscrivit à la craie des formules chimiques. Puis il prit la parole comme un halluciné, comme s'il était seul dans la salle. Il regardait le tableau ou le plafond, il ne semblait même pas remarquer les retardataires qui cherchaient une place dans les rangées en traînant les pieds et en toussant. On aurait pu penser que le public lui était indifférent, mais les auditeurs, eux, ne voyaient rien de blessant dans cette indifférence. Ils écoutaient dans un silence respectueux. Il parlait d'une voix rauque et bronchitique de fumeur à la chaîne. C'était un homme de petite taille, avec un début de bedaine et un double menton. Ses cheveux tombaient en mèches désordonnées et indociles sur son front : on aurait dit que cela faisait des jours et des jours qu'il ne s'était pas peigné. Il portait un costume de ville gris dont le pantalon était déformé aux genoux et la veste lustrée. Mais à l'instant où la voix rauque de cet homme trapu, à l'aspect négligé, avec une tendance à l'embonpoint, aux cheveux gris en bataille, aussi éloigné de ses auditeurs qu'un prêtre d'une religion inconnue prêchant au-dessus des têtes de ses fidèles, à l'instant où cette voix s'éleva, elle imposa à tout le monde de tendre l'oreille. Je n'aurais jamais imaginé que tant de gens s'intéressaient à la chimie, se dit-il, et il aurait bien aimé sourire avec indulgence à la vue de cette ferveur scientifique. Mais il ne sourit guère, ni avec indulgence ni autrement, car lui aussi se sentit obligé d'écouter. Il ne comprenait rien à ce qu'écrivait le professeur au tableau et guère plus aux paroles qu'il prononçait. Le savant parlait du processus de modification de certains éléments chimiques à la composition extraordinairement complexe dont on n'avait jamais entendu parler, et la seule chose qu'il comprit, c'est que cet homme attaquait tout de suite le vif du sujet, plus précisément qu'il n'introduisait rien, qu'il continuait le discours qu'il avait rapporté avec lui de son laboratoire, de son amphithéâtre et de sa vie, et aussi que tout ce qu'il disait remplissait entièrement sa vie. L'aurait-on tiré de son sommeil en pleine nuit qu'il aurait continué à débiter son propos exactement avec la même fluidité, de la même voix rauque, mais aussi avec une forme de passion mystérieuse et étranglée dont l'auditeur subissait la fascination sans résister. Son aspect était négligé, il n'était plus tout jeune, il devait bien avoir cinquante ans passés. Il faisait penser à un pauvre représentant en huile célibataire regardant les joueurs de billard dans un quelconque café de faubourg… et pourtant, il était autre chose. Autre chose, n'importe quoi mais pas l'homme qui convenait à Ilona. Aux côtés d'Ilona, il ne pouvait imaginer qu'un savant solennel, une célébrité qui jouait au tennis, présidait plusieurs sociétés scientifiques et habitait une maison familiale avec terrasse sur le toit, quelque part sur un versant du mont Gellért. Mais cet homme-ci lui semblait vivre bien en dessous de son rang social ; qui plus est, il devait se moquer éperdument de tout ce qui était rang social et surtout de l'image que les gens se faisaient de lui, le célèbre chercheur. On rencontre des hommes comme lui qui somnolent paisiblement au petit matin dans les arrière-salles des cafés bohèmes, penchés sur des journaux étrangers froissés, des anciens révolutionnaires, des joueurs d'échecs géniaux et égarés, des curés défroqués, qui fument des cigares toute la nuit dans un café, entre deux formes de vie, dans une errance totale. Le chimiste appartenait à ce groupe. Mais cette voix sourde et rauque sous laquelle vibrait la passion était comme le vacarme étouffé d'un lointain tremblement de terre qui gronde derrière un paysage ensoleillé et banal... Bien qu'il parlât de substances chimiques, même le profane sentait qu'il ne disait rien de superflu ; il énumérait des chiffres et des formules et, en évoquant cette réalité vérifiable et objective, il grondait à la manière d'un fauve ; on aurait dit que derrière son discours et son travail il était constamment question d'autre chose. Cet homme était envahi par la passion. Peut-être la passion est-elle la condition du génie, pensa-t-il, et à présent il comprenait la foule dans la salle, la foule qui se bousculait là, tendue, attentive, qui s'intéressait non seulement aux formules chimiques mais aussi et surtout à la personne du conférencier. Cet homme mûr à l'apparence négligée, à l'attitude froide et sévère possédait un savoir : ce n'était sans doute pas sans raison que son nom était cité dans le monde entier. Mais savoir est toujours synonyme de passion. Comme si cette passion même, celle avec laquelle un être répond au monde, donnait un sens suprême à toutes les entreprises humaines. Il quitta la salle à la pause. Dans la cage d'escalier du grand bâtiment, en dévalant les marches du large escalier, l'hypothèse que la femme ait aimé cet homme et justement celui-là ne lui semblait plus impossible et incroyable. Mais alors, moi, qui étais-je, qu'est-ce que j'étais pour elle ? se demanda-t-il, arrivé à la porte, en hélant un taxi.

Il se fit conduire à la pharmacie, pénétra dans l'officine au plafond cintré, agencée de façon théâtrale, tel un décor, où la main de la jeune femme se faisait encore sentir dans la façon dont étaient exposés les accessoires pharmaceutiques anciens, rares et amusants, et les objets en céramique et en verre installés dans les armoires vitrées et sur les rayonnages. Il s'arrêta devant le comptoir et attendit. Un assistant et une jeune fille tripotaient des poudres et des liquides ; dans un fauteuil, sous un palmier poussiéreux, était assise une jeune femme au visage empâté portant un fichu sur la tête ; par la porte ouverte à l'arrière du local, il aperçut dans l'arrière-boutique le père accoudé à son bureau, immobile sous le cercle de lumière d'une lampe, son crâne chauve entre les mains, concentré sur sa lecture. Il se passa un moment avant qu'on lui demande ce qu'il désirait. Finalement, je pourrais acheter quelque poudre curative..., se dit-il, et cela le fit sourire. Mais à présent le père levait la tête de son bureau et, tournant son regard de myope en direction du magasin, il reconnut l'arrivant ; lentement, en ayant l'air de vaincre une résistance, il se leva et se dirigea vers lui. Il sentit dans les mouvements du père, dans son attitude tout entière, une profonde fatigue, comme s'il avait dit : Je sais pourquoi tu es venu mais tout cela n'a aucun sens. Moi aussi, je sais que ça n'a pas de sens, songea-t-il en serrant la main du pharmacien, qu'il suivit dans l'arrière-salle. Le père referma la porte, lui fit un signe machinal pour l'inviter à s'asseoir et lui-même se rassit à son bureau dans un grand fauteuil en osier. Sur la table, des factures, des ordonnances étaient éparpillées dans le désordre aléatoire de quelqu'un qui ne se préoccupe plus vraiment de tout ce qui donnait auparavant sens et contenu à sa vie. Ce capharnaüm donnait l'impression d'un champ de bataille où un combat déterminant aurait été perdu. Sur le mur au-dessus du bureau était suspendu le portrait de sa fille encadré d'une mince baguette noire ; c'était lui qui avait pris cette photographie quelques semaines avant le suicide, qui ensuite l'avait fait agrandir chez un photographe professionnel, et il en conservait un exemplaire agrandi chez lui, dans sa chambre, dans un cadre posé sur une table où traînaient les livres en attente d'être lus. C'était un portrait où l'on voyait son cou aux lignes tendres de jeune garçon… Ils contemplèrent tous les deux l'image sans mot dire.

Le père tira de sa poche de pantalon un trousseau de clés et, d'un geste tremblant de vieil homme cardiaque, il ouvrit un tiroir d'où il sortit une boîte en métal. Il la plaça avec solennité au centre de la table par-dessus la masse confuse des factures et des ordonnances. « Ce sont les lettres, dit-il. Je n'ai pas la force de les brûler. J'entends conserver les preuves jusqu'à la dernière minute. » Sa voix trahissait une sorte d'obsession sentimentale, dévoilait que, dans sa douleur et son outrage, il avait inventé un genre de roman policier autour de la mort de sa fille. « Vous voulez les lire ? » demanda-t-il, prêt à lui tendre la clé. « Je n'en ai pas le droit », répondit-il doucement. « Ah, le droit…, répliqua le pharmacien, pris d'humeur et d'impatience, sur le ton de l'homme pressé qui a quelque chose d'urgent à faire et qui peste parce qu'on le retarde avec des prétextes mensongers et grotesques. Le droit n'a rien à faire ici. Il l'a tuée, ajouta le père avec simplicité. – Monsieur le pharmacien, je dois vous dire quelque chose, lança-t-il soudain, étonné du son de sa propre voix, comme si elle appartenait à un étranger. Je crois que ce n'est pas un vaurien. » La main pâle et maladive du pharmacien jouait avec les clés. « Et je dois vous poser une question, poursuivit-il avec un calme singulier. Est-il vrai que, dans la famille d'Ilona, il y a eu plusieurs suicides ?… »

Le vieil homme détourna son regard du portrait. Il ôta les lunettes de son nez, entreprit de nettoyer les verres tranquillement et répondit avec précision et un léger ennui : « Sa mère. Et un oncle. » Puis ils regardèrent le portrait à nouveau.

Ensuite ils recommencèrent à parler en même temps, se coupant la parole. « Je ne crois pas que ce soit un vaurien », répéta-t-il posément, comme si c'était très important. « Je vais bientôt mourir, répondit le pharmacien avec le même calme, et ses doigts blancs, rongés par les acides et les préparations, tambourinaient doucement sur la table. Mais je ne me suiciderai pas, non. Trois suicides dans la famille, ça suffit. Je mourrai parce que je dois mourir. J'aimerais que d'ici là vous lisiez les lettres, monsieur le conseiller. » Le pharmacien parlait avec gravité, comme quelqu'un qui « prend ses dispositions » et qui ne s'intéresse à aucune argumentation ou contradiction. « Que voulez-vous que j'en fasse ? » s'enquit le conseiller, ennuyé. À présent, le pharmacien s'exprimait d'une voix plus forte, fébrile. Dans son accès d'énervement, cet homme malade du cœur, pâle comme un mort, s'étranglait en parlant. « Vous ne pouvez pas savoir, dit-il avec une voix éraillée d'angoisse, quand vous aurez besoin de ces lettres. La vérité se fera jour, monsieur le conseiller. Vous étiez un ami d'Ili, elle m'avait dit que vous étiez son seul ami. Je peux vous l'avouer à présent, parfois je nourrissais des espoirs, j'avais confiance dans votre amitié. Ili aimait ce vaurien mais vous étiez là aussi, proche d'elle, un ami, un homme bien. Non, je vous en prie, ne vous défendez pas, vous êtes un homme de distinction, fidèle et correct, oui… et parfois j'espérais que ma fille allait recouvrer la raison, qu'elle allait guérir de cette vilaine maladie et que vous alliez tous les deux vous accorder. Je savais tout, continua-t-il, à la fois présomptueux et complètement déphasé. Cet homme agissait sur Ili comme une forme de maladie infectieuse. Une maladie qui tue le malade, et pourtant celui-ci ne veut pas s'en débarrasser. Il existe de tels malades et de telles maladies, dit-il avec la satisfaction d'un expert qui connaît son sujet. Dans ce cas, seul un miracle peut les sauver. Je croyais qu'un semblable miracle pourrait se produire, poursuivit-il, contrit. Non, je vous en prie, permettez-moi de tout vous raconter enfin. J'étais au courant de tout, de vous et de cet homme, de tout ce qui s'est passé durant les quatre années où Ili était à l'université, mais ce que je ne pouvais vraiment pas savoir, c'était à quel point cette infection était dangereuse. Je ne pouvais pas deviner que ce vaurien la tuerait. En lisant les lettres, vous apprendrez tout. » Il avait du mal à respirer, il luttait visiblement contre les prémices d'une attaque. « Qu'apprendrai-je de plus ? » demanda le conseiller calmement. « De quelle manière raffinée on peut tuer. On peut tuer quelqu'un sans poison ou sans stylet ou même sans paroles, il suffit simplement d'un certain comportement..., répondit le pharmacien d'un air presque bête et apeuré, comme stupéfait par la signification de sa découverte. Voilà comment un être peut en anéantir un autre : il ne le laisse pas partir mais ne s'abandonne pas lui-même, il se l'attache en le détachant du monde, mais en même temps il ne lui permet pas de s'approcher trop près et surtout il ne noue aucun engagement. La personne que l'on choisit et que l'on isole ainsi du monde succombe. Car elle reste seule sans l'être tout à fait, parce malgré tout elle vit dans une sorte de lien, alors que le maître ne se soucie pas d'elle, l'esclave... vous comprenez ? Et comment courir voir la police avec ça ? La police, que voulez-vous qu'elle fasse de ces lettres ? Ce sont des lettres polies, vous ne trouverez dans ces lignes aucune menace palpable... simplement, à chaque ligne, à chaque mot, on sent la force perverse, la force avec laquelle cet homme l'avait envoûtée, l'avait attachée à lui pour ne plus la laisser partir tout en ne la laissant pas trop s'approcher. Il la tenait en laisse, une laisse courte qu'il ne lâchait jamais complètement... Et elle se débattait, sous le charme. Vous ne me croyez pas ? Vous ne l'avez jamais senti ? Vous l'aimiez, ne le niez pas, je le sais bien. Je sais tout de vous, peut-être davantage que vous-même, davantage que ce meurtrier. Quand la mère d'Ili est morte – elle s'est ouvert les veines, comme les Romains, comme si elle ne s'était pas fiée à mes poisons, vous comprenez ? –, j'ai essayé d'être tout pour Ili, père et mère à la fois, quelqu'un à qui elle pouvait confier tous ses secrets, qui ne jugeait jamais, ne sermonnait pas, ne voulait rien d'autre que l'aider. Mais cela n'a servi à rien », conclut-il avec simplicité, épuisé.

Ils parlèrent encore longtemps. Le pharmacien montrait des signes de fatigue, des signes avant-coureurs qui annonçaient déjà la secousse de l'attaque, son regard fixe, sa respiration saccadée, les gestes de ses mains hésitantes, tâtonnantes, cherchant à agripper dans une sorte de transe, trahissaient la présence furtive du spectre familier qui rôdait autour du cœur. Mais cet homme pâle, replet et doux restait étonnamment fort. Ils parlèrent longtemps, en chuchotant, comme s'ils avaient attendu cette rencontre depuis une éternité, ces deux amoureux trompés, le père et lui, l'autre. Il raconta qu'il avait vu le professeur et ne savait trop quoi penser de ce qu'il avait vu. Mais assurément, et bien que l'hypothèse eût été envisageable, cet homme n'était pas un vaurien, ni un chasseur de scalp, ni un séducteur froid et égoïste… Il était tout ce qu'on voulait mais pas un séducteur. Cet homme débraillé, plus tout jeune, hagard et farouche, était un solitaire, enfermé dans une sorte d'obsession ou de passion, dans ce travail qu'il était sans doute le seul à pouvoir faire… Oui, voilà comment il le percevait, un homme enchaîné par son travail et ses obsessions plutôt que par la recherche d'aventures. Inconscient du monde qui l'entourait. Tel un chien qui aboie et mord, vivant dans une solitude irascible au milieu de ses formules et de ses cornues, trafiquant les substances dangereuses de la vie et de la mort, désespéré et curieux. Telle était l'image qu'il avait de cet homme. Bien sûr, il pouvait se tromper. Il faudrait faire sa connaissance, dit-il, perplexe, car à présent cette rencontre ne lui paraissait plus aussi impossible et improbable que par le passé. On aurait dit que cet homme le fascinait, lui aussi, qu'il avait quelque chose à voir avec lui. Par exemple – c'était assez bizarre, non ? – il n'arrivait absolument pas à lui en vouloir maintenant qu'il l'avait vu… il ne pouvait penser à lui avec l'animosité d'antan car cet homme n'était pas quelqu'un de joyeux, il ne se réjouissait de rien sur cette terre, on sentait la solitude dans sa voix et dans son apparence, son attitude et ses gestes. « Cet homme est aussi solitaire qu'un être céleste égaré ici-bas », dit-il avec une emphase inattendue. Le père écoutait, mordillant sa lèvre inférieure exsangue, et à présent on remarquait que ses mains tremblaient. « Cet homme n'est pas un jeune premier qui joue avec les sentiments d'une femme et ça, Ili en était extrêmement consciente. » Mais il devait avouer quelque chose – à présent, ses lèvres et ses mains commençaient à trembler aussi – que le père ne savait peut-être pas : Ili ne se confiait pas à lui autant que le père le croyait ; elle évoquait parfois le professeur mais toujours incidemment, sur un ton légèrement ironique, comme si elle parlait d'un individu étrange et caricatural, d'un savant bourru semblable à ces hommes de science distraits et coupés du monde décrits par les feuilles satiriques. Et jamais elle n'avait prononcé un seul mot impliquant que leur relation outrepassait celle d'une très jeune et très ambitieuse étudiante vis-à-vis de son professeur. « Car Ili était très ambitieuse », dit-il tout bas, comme pour s'excuser auprès de la morte de ce jugement. Tous deux lancèrent un regard au portrait. Le père hocha la tête, froid et objectif, à la manière de quelqu'un qui reconnaît une vérité même au plus fort de son chagrin. « Oui, Ili voulait beaucoup de choses, le bonheur bien sûr, mais aussi quelque chose d'autre, une sorte d'excédent dont, en général, les femmes ne veulent pas et dans lequel elles ne se risquent pas non plus. Par exemple, elle désirait acquérir un savoir… elle ne souhaitait pas seulement maîtriser les commérages, les compétences sociales, ou le genre de matières brillantes destinées aux jeunes filles riches qui s'ennuient, telles l'histoire de l'art ou les variantes vulgarisées de la psychologie expérimentale. Non, Ili ne voulait pas tuer le temps avec une quelconque occupation prétentieuse ; elle désirait un savoir, et quand une femme revendique le savoir, c'est presque tragique, ajouta-t-il comme pour lui-même. Cet homme lui offrait peut-être cette possibilité, continua-t-il d'un ton las, comme s'il comprenait enfin quelque chose. » Le père écoutait. « Veuillez m'excuser, dit-il, très pâle, puis il se leva et lui tendit une main frémissante. Peut-être avez-vous raison. Vous affirmez que ce n'est pas un vaurien ?… » Sa main tremblante s'arrêta en l'air. « Non, répondit-il d'un ton déterminé, maintenant que je l'ai vu et entendu, j'en suis sûr, ce n'est pas un vaurien. C'est un homme qui a une mission et qui n'arrive pas à se libérer de sa passion, ni à échapper à son devoir… » En serrant la main molle du pharmacien, il devina à sa vibration l'approche d'une crise mortellement dangereuse. « Vous vous sentez mal, monsieur le pharmacien ? » demanda-t-il en lançant un coup d'œil vers la porte. « Mais non, je vous en prie, vous pouvez partir, répondit l'homme malade d'un ton grave. La maladie et moi, nous nous connaissons bien. Les lettres… vous ne les prenez pas ?… »

Il ne les avait pas emportées. Le pharmacien était mort quatre mois plus tard. Pendant un temps, il avait attendu quelques nouvelles. Peut-être le père avait-il pris des dispositions pour que la boîte en métal contenant les lettres lui fût envoyée… Mais personne ne s'était manifesté.

Son regard fait à nouveau le tour de la pièce bourdonnante. Oui, la dernière fois, ils étaient assis là-bas, dans le coin. La femme lui avait dit que l'on ne pouvait pas juger d'un simple point de vue humain tout ce qui se produit.

Il arrête un taxi et rentre chez lui. Il est deux heures et demie : s'il prend tout de suite la poudre antispasmodique, s'il s'allonge dans le noir dans sa chambre, se repose sans bouger pendant une heure, peut-être la migraine s'arrêtera-t-elle, et de toute façon, à quatre heures, il doit être de retour au bureau pour donner son rapport au ministre. Comme ce mot, « rapport », est simple... La machinerie va se mettre en route dès ce soir. Sa gouvernante l'accueille, il lui tend sans un mot son manteau et son chapeau, pénètre dans l'appartement, demande un verre d'eau, rien d'autre. Et qu'on débranche le téléphone jusqu'à trois heures et demie. La pièce est tiède et, à cette heure-là, dans la lumière blanche du soleil d'hiver, elle brille comme si on avait laqué les meubles. Il se dirige vers la chambre à coucher mais en chemin il s'arrête devant son bureau. Il se penche au-dessus du portrait de la jeune fille. Des deux mains, il soulève l'image encadrée, l'approche de son visage et l'observe avec attention de son regard de myope, de ses yeux qui clignent. Au moment où la photographie a été prise, la femme était assise ici, sur le rebord de la fenêtre ouverte. Elle portait un ensemble de ville à carreaux, il pourrait le dessiner : elle est assise sur le rebord de la fenêtre, la tête légèrement penchée vers l'arrière, elle regarde la place, ses gants à la main ; la lumière vive est bonne et révèle chaque trait mystérieux de son visage. Il contemple les yeux à l'expression ironique, interrogative, le sourire amer de la bouche. Elle était assise ici, jouait avec ses gants, et elle songeait au professeur et à la mort. Oui, en effet, elle était tourmentée, pense-t-il, et il contemple l'image comme quelqu'un qui espère trouver dans cette ultime représentation une certitude suprême, une analyse décisive. Une belle jeune femme de vingt-deux ans, en bonne santé, ne se suicide pas pour un vieux chimiste négligé ; il devait exister une autre cause pour qu'elle avale de l'acide prussique. Aucune femme, qui plus est de la classe d'Ili, femme ambitieuse qui promenait sa beauté et sa jeunesse à travers la ville comme une supplique ou une injonction, ne meurt à moins que quelqu'un ou quelque chose l'y oblige. Son père avait-il raison ? Le professeur était peut-être un malade, il faisait peut-être partie de ces personnalités malsaines qui utilisent une force obscure pour s'attacher un être et qui usent ensuite de cette magie noire pour le faire vivre ou mourir, selon leur bon vouloir. Sur la photographie, la lumière tombe sur le front et les yeux de la femme, elle cligne des yeux… Mais il n'a pas besoin de la confirmation de la photo. Il existe encore un exemplaire d'Ili sur cette terre. Il a rencontré son double ce matin. Ce ne sont pas seulement les yeux, le nez, la courbe de la nuque, le front, la bouche et les sourcils, non, c'est le visage dans son entier qui en fait le double parfait d'Ili. Peut-être cet alter ego est-il un soupçon plus grossier, légèrement moins fini que l'autre, plus brut, comme une version paysanne, une imitation de l'œuvre d'un maître plus raffiné. Mais en tenant seulement compte de leur « fiche de police », la similitude est grotesque… oui, presque insolente. Il remet le cadre à sa place.

Il va dans la salle de bains, enfile une veste d'intérieur, se lave les mains, baisse les stores de la chambre, prend le remède et s'allonge sur le sofa. La gouvernante a déjà posé sur la petite table à côté du canapé le café brûlant. Il lui reste encore un kilo de café non torréfié, se dit-il distraitement. Il est vraisemblable qu'on cessera d'en trouver à l'avenir. Que manquera-t-il d'autre ? Tout un monde va lentement dépenser ses provisions, savon, insuline, semelles de chaussures et café en grains ; c'est normal quand on engloutit également la vie, la vie à foison. La question est de savoir si, à présent que le monde gaspille ainsi sans compter, des deux mains, il reste un contenu moral et sensible dans l'âme des hommes. Désormais, tels des fous, avec rapacité, ils vont commencer à stocker le vieil or et les bas de soie mais aussi les aventures, vite, ils vont essayer, entre deux bombardements, d'engranger cette excitation épileptique qu'ils confondent allègrement avec l'amour et l'expérience. Mais ça, j'en sais quelque chose, songe-t-il dans le noir, les yeux clos ; il appuie sur son front ses mains froides. La migraine commence à céder à présent sous les assauts de l'antispasmodique… il connaît le processus, il pourrait en dessiner la courbe sous forme de graphique alors que, sur le divan, la douleur brûlante, cruelle se soumet à l'effet chimique, le déploiement insolent de la pression s'atténue, un vide sombre et agréable entre en scène et remplace la morsure et le brasillement des crocs brûlants de la douleur – oui, la préparation chimique est fiable. Elle lui vient encore d'Ili. C'est une belle chose que la chimie. Donc ils vont vouloir encore plus d'expériences, encore plus d'amour, bien que jusque-là ils n'aient pas été vraiment modestes et délicats. Demain débute un autre destin dont ils savent encore moins évaluer les transformations qu'ils n'étaient capables de peser les chances de vie et de mort auparavant. Demain va commencer ce destin opaque et impersonnel où l'individu ne sera plus qu'une donnée statistique. Un être, on peut le plaindre, mais un million, dix millions d'hommes, on ne peut que les considérer de façon impartiale, comme une donnée impersonnelle, une série de chiffres… et ces « numéros » le sentent et veulent de l'aventure. Tous les théâtres vont se remplir, tous les restaurants vont être bondés et tout le monde va revendiquer de l'aventure et de l'amour. Et toi, que désires-tu ?…, se demande-t-il dans la pénombre.

La préparation fait son effet. Moi, je souhaite la paix. À présent, cela me suffirait. Si le monde ne veut pas de la paix, je n'y peux rien. Mais moi, oui, je la désire, pour faire mes adieux, que ceux-ci soient d'actualité ou qu'il y ait encore moyen et possibilité de temporiser… Ce que j'aimerais ? Voir la mer encore une fois. Je suis devenu modeste. Je me contenterais de cette promenade ombragée par les lauriers entre Abbazia et Leverano. Il n'y a pas si longtemps, je dédaignais ce chemin, le trouvant trop proche de la ville où je vis, il y avait trop de gens d'ici que je connaissais et rencontrais sur le trajet, ce n'était ni raffiné ni distingué de se promener entre Abbazia et Leverano, sous les lauriers… J'étais snob. Je marchais le long de cette route en rechignant, je farfouillais l'Europe du bout des doigts, Paris me convenait tout juste. À Londres, à l'hôtel au calme irréel tenu par un Suisse au coin de Brompton Road, le voyageur, fuyant les appels téléphoniques des connaissances de son pays, s'empressait au matin de s'échapper vers une station thermale d'Écosse où il s'ennuyait à mourir, dans une auberge qui sentait la graisse de mouton, à proximité d'une petite ville et d'une grande forêt brumeuse et humide, parmi des gens dont il était impossible de comprendre l'accent et qui, chaussés d'épaisses bottes de caoutchouc et vêtus de manteaux de laine à l'odeur de pluie, partaient à la pêche à la truite – partaient mourir ou vivre à leur manière, une manière quelque peu mystérieuse... Il n'y a pas à dire, cette vie était bien mystérieuse. Et comme nous étions délicats, et vite blessés, on aurait dit que nous transportions un chagrin ambulant dans une petite sacoche avec nos bagages, un chagrin d'entre-deux-guerres distillé par des poèmes, de la musique, des livres, des articles de journaux où étaient expliquées l'histoire contemporaine et la « crise », un chagrin personnel où se concentrait la mémoire de deux mille ans de culture chrétienne, qui n'appartenait qu'à nous, les initiés, et qui était *made in Europe*. Rien n'était jamais assez loin... Loin, mais de quoi ? demanderaient quelques années plus tard, avec une pointe d'amertume, les émigrants et les exilés. L'homme européen vivait mortifié, il voyageait, se baladait, écoutait de la musique, lisait des livres, faisait l'amour et rompait avec ses maîtresses à l'intérieur de son propre destin européen – comme si on l'avait offensé. C'était une blessure d'homme cultivé qui soupçonnait que les barbares se trouvaient déjà avec leurs massues devant les portes aux sculptures raffinées... Beaucoup de gens écrivaient sur le sujet, de maintes façons. Une seule chose est sûre : nous qui avions tous des savoirs, des atmosphères, des expériences en commun, jusqu'à la façon de prendre notre bain le matin et de nous asseoir dans une salle de théâtre le soir, nous étions tous de mèche et tous offensés. Nous installer dans une auberge écossaise en fumant du tabac de

Virginie à la senteur douceâtre, lire le *Journal* de Pepys et nous fâcher : tel était le programme. Mais les autres, les « barbares » massés devant les portes, n'étaient-ils pas fâchés, eux aussi ? Peut-être auraient-ils aimé pêcher la truite et lire Pepys devant la cheminée, dans le salon bourré de vieux meubles en cuir d'une auberge écossaise… À présent, finie, l'offense. À présent, voici que tout est uni dans un même destin, à la vie et à la mort. C'est presque rassurant.

Le mal de tête en tout cas s'est arrêté. Quelque chose qui jusque-là – même dans son horreur et sa réalité – n'était qu'une représentation lointaine deviendra une réalité : mardi, vendredi, on pourra l'attraper, la toucher. À quoi cela ressemblera-t-il ?… Ce ne sera certainement pas aussi terrible que ce que l'on a imaginé d'après les rumeurs et, en même temps, ce sera beaucoup plus simple. La vie est extraordinaire et une règle extraordinaire de la vie c'est qu'en réalité, dans la pratique, tout est plus simple, y compris la mort et la guerre. J'ai quarante-cinq ans et je pourrais imaginer que, à la dernière minute, la vie satisfait tout le monde : elle m'enlève la mer mais elle me rend la sensation de vivre que me procurait l'amour, elle me rend cette femme, elle me renvoie ce corps, ce sourire, ce regard auxquels mon corps et mon âme répondaient de tout leur élan. Mon cadeau d'adieu… je le verrais ainsi si j'étais mystique. Mais il est probable qu'il ne s'agit que d'un hasard. Un hasard – même si tout cela est vraisemblable, incroyablement, bêtement vraisemblable et d'un romantisme bon marché. Comme si une femme que l'on avait aimée pouvait surgir de son tombeau. Une femme que l'on avait aimée, une femme allongée sur ce canapé, dans cette chambre, et dont la voix, lointaine et assourdie, vous demandait en anglais dans la pénombre : « Dis-moi, mon cœur, est-ce cela, l'amour ?… » Une femme dont plus tard on se rendait compte qu'elle n'était pas celle que l'on croyait, celle à qui l'on téléphonait et que l'on rencontrait, avec laquelle on écoutait de la musique dans la petite salle de concert de la faculté, en compagnie de laquelle on allait voir de fameux films américains au deuxième balcon des cinémas, dont on pensait connaître le corps comme des jumeaux doivent connaître le corps l'un de l'autre grâce à quelque souvenir obsédant d'avant la naissance. Non, Ili était une autre également. Elle possédait son propre destin et sa propre mort et un jour elle s'était enfuie avec cette mort comme avec un séducteur de passage. Quelque part dans la grande ville, elle avait un secret, un secret triste et terrible, un secret qu'elle gardait soigneusement mais qu'elle n'avait pas, malgré tout, emporté dans la mort – la terre, ou plutôt la boîte en métal, l'avait fait éclater… Son triste secret des bas-fonds. Que cherchait Ili avec cet homme solitaire ? Qu'est-ce que lui, son amant, n'avait su lui donner ? Parfois, il lui arrive de penser qu'elle cherchait sa mère, sa mère folle, qui avait fui Ili dans la mort et qui, de plus, avait blessé son pharmacien de mari en choisissant au dernier instant de sa vie le rasoir au détriment des poisons de l'officine familiale – le pharmacien avait évoqué ce procédé avec ressentiment, comme si c'était cela qui le faisait le plus souffrir dans la décision de sa femme. Les gens sont ainsi faits. Mais Ili était une gentille petite fille, elle avait confiance dans les drogues de son père – ou bien était-ce plutôt dans les substances artificielles du chimiste ? Seule la mort avait trahi son secret ; Ili, elle, se taisait, même le soir quand elle revenait de chez le chimiste et qu'elle parlait avec une légère ironie du « maître » comme de quelqu'un de supérieur mais pas entièrement responsable, dont on pouvait apprendre beaucoup mais auquel on ne pouvait se fier tout à fait car c'était un vieil original excentrique. Se peut-il qu'Ili ait cherché sa mère dans la personne du chimiste ? Question insensée que l'on ne peut se poser que lorsqu'on se retrouve seul dans une chambre obscure. Mais le temps fait resurgir toutes les possibilités, simples ou improbables, s'en empare, les fait briller et, au fur et à mesure que passe le temps, cet élément mystérieux dans lequel tout prend un sens nouveau, il se demande parfois lui aussi ce qu'est l'amour et ce que l'on cherche entre les bras de l'autre… et répondre à cette question devient de plus en plus pénible et douloureux. « Dis-moi, mon cœur, est-ce cela, l'amour ?… »

Question simple. Formulée ainsi par un poète, plus précisément un lord qui écrivait des vers, c'est Ili qui le lui avait dit. Question simple, et on aurait dit que la femme étendue sur ce sofa la posait non sans quelque ironie ; oui, bien que détendue dans l'intimité d'une situation aussi vieille que l'humanité, apaisée et gratifiée, elle parlait avec dérision, avec humeur, comme si elle doutait du sens véritable de la situation et de l'expérience. Question diabolique. Il ne la comprend vraiment qu'à présent, des années après que celle qui la posait a cessé d'exister – la chambre est encore là, le divan aussi, la fenêtre, le rebord où elle était assise ainsi que la photographie qu'il a prise de la personne svelte et pensive juchée dessus. Mais la question, il ne la comprend que maintenant, jusque-là elle n'était qu'un vers, un lieu commun, du badinage. À présent, il pense qu'Ili la posait sérieusement. Car il y avait comme une désillusion dans sa voix : c'était la question d'un être qui, bien qu'apaisé et gratifié, prend brutalement conscience de quelque chose, la question d'une créature qui reprend soudain pied dans le chaos de l'existence humaine, allongée sur un canapé, dans l'appartement d'un homme, et qui adresse, au-delà de cet homme et de la situation, cette question à la fois naïve et narquoise, choquée et dubitative au Créateur. Question démoniaque, oui, car en effet, pendant l'amour, chaque mot, chaque éclair de conscience se dirige vers les enfers. Un être humain possède un corps, une âme et des instincts ; ensuite il y a cette question qui, au-delà de la condition terrestre, se tourne vers les galeries souterraines de l'existence. Parce que l'enfer existe. Par exemple, cette journée, celle d'aujourd'hui, est une journée diabolique…

Il doit commander une voiture : le ministre l'attend dans quelques minutes. Ensuite la Terre va tourner… avec les vivants et les morts et, dans un monde qui est familier et dont on connaît les catastrophes, tout va se transformer d'ici demain de façon épouvantable. Aujourd'hui les portes de l'enfer se sont ouvertes, songe-t-il en souriant de l'image grandiloquente. Mais le frisson glacé qui traverse son corps l'avertit que si cette expression théâtrale exprime sans doute du pathos, elle contient également une vérité. Comme si tout s'était déformé : la paix n'est plus la paix et les morts continuent à vivre sur terre, ils reviennent avec une méchante grimace. La réalité montre son nouveau visage… et ce visage est familier à faire battre le cœur. Résigne-toi donc, se dit-il, et, comme pris de vertige, il s'abandonne au transport de ce désir et de cet instant.

À présent, il vit vraiment, avec plus de fougue, d'intérêt et de profondeur que jamais, de façon plus vraie et plus aventureuse que dans les forêts écossaises ou les bras d'une femme, plus authentique que dans les décors féeriques de son enfance aux aubes claires teintées de bleu et de rose. À présent, à l'âge de quarante-cinq ans, voilà ce qu'il éprouve, alors que la vie exhibe son visage tordu et grimaçant, fusion de figures mortes et vives, masque fantomatique fabriqué dans le laboratoire de la vie et de la mort, visage de l'amour fait chair, une fois encore de retour, dans sa grossièreté et son mystère, sa réalité physiologique et son improbabilité surhumaine, porté dans l'ombre des ailes noires de la mort par les bras robustes et âpres de la guerre. Un visage a émergé de « quelque part sur terre », ou des enfers, un visage messager de l'amour. Mais je ne suis plus un jeune homme, se dit-il, sérieusement, comme s'il répondait à quelqu'un. Je ne suis pas encore vieux mais je ne suis plus jeune, et pourtant je dois encore une fois répondre à cette question : Ai-je vraiment envie de cette rencontre ?… Quelqu'un veut-il me jouer un vilain tour ? C'est déjà en soi un phénomène bizarre et effrayant qu'il existe sur terre un deuxième exemplaire du visage, de la silhouette et de la personnalité que j'ai aimés ; peut-être y a-t-il beaucoup d'Ili, en Finlande, en Suède ou à Barcelone, ou ailleurs. Tels des mannequins dans les entrepôts de confection, des femmes au visage et au physique identiques sont entreposées quelque part… n'est-ce pas choquant ?… On a cru aimer une personne, un individu magnifiquement, tragiquement original. Se peut-il que d'autres exemplaires de moi se promènent à travers le temps et l'espace ? Oui, cela m'est arrivé de me rencontrer. Il y a six ans, à Paris, dans l'autobus. Le choix n'est pas aussi large qu'on le croit. On imagine avoir été fabriqué en un seul exemplaire et un jour on est obligé de reconnaître qu'on n'est qu'une copie, banale, triviale : ailleurs, autrefois, il y a eu un modèle que la nature, indifférente et professionnelle, ne cesse de copier, qu'elle reproduit presque mécaniquement, à travers les temps. Vivre cette expérience pourrait rendre fou un homme orgueilleux mais heureusement mon orgueil n'est pas de cet ordre-là… Moi, je sais que mon âme est autre. Mon âme n'est ni « meilleure », ni « plus sage », ni même différente de celle d'autrui, mais elle est justement autre et rien, même pas la volonté de Dieu, ne peut y changer quoi que ce soit. Le corps, oui. Le corps parcourt le monde en plusieurs exemplaires, celui d'Ili, le mien. Yeux, nez, oreilles, bouche, forme du crâne sont seulement des éléments que pétrit la nature, jour après jour, à chaque instant, et dont, à partir d'une forme, elle produit des modèles caractéristiques dans ses laboratoires innombrables, des millions et des millions de variations, à la perfection. Que signifierait cette constatation, « Il ressemble à quelqu'un », si elle n'exprimait pas la surprise de la créature forcée de reconnaître que ce qu'elle a toujours perçu comme des manifestations personnelles et significatives n'est qu'une simple imitation d'un modèle ? Et des modèles, il n'y en pas tant que cela sur terre. Les races se copient déjà et, à l'intérieur d'elles, les créatures sont récurrentes : celles qui ont le nez camus et la bouche charnue, celles qui ont un visage étroit, une tête d'oiseau, une face de vautour et quelques rares exemplaires à forme humaine… oui, on s'imite. Parmi les Norvégiens se baladent des Chinois égarés aux yeux obliques, parmi les Français, des nègres aux lèvres épaisses et, dans la rue ou le métro, dans le chaos de l'existence, dans la transe inquiète de la conscience individuelle, ils se rencontrent parfois et, en levant les yeux, se reconnaissent dans un autre visage, sursautent, lancent un regard empreint d'une douloureuse fascination sur ce deuxième exemplaire puis se hâtent de passer leur chemin, avec un sentiment de malaise. Seule mon âme me distingue des autres. Mon corps, lui, se livre à l'existence dans une sorte de langage formel dont je n'ai pas grand-chose à faire. Il est vraisemblable qu'Ili ne vit et ne meurt pas en un seul exemplaire au monde – il y a l'exemple, le modèle qui, de temps à autre, se reproduit et prend corps à travers Ili, ici ou en Finlande. Nous devons nous y résigner, même si c'est vexant que Dieu n'ait pas trouvé, par respect envers nous, de modèles uniques, et qu'il se soit contenté de copier, avec de légères modifications, un original découvert depuis longtemps. Ainsi il existe des jumeaux, des milliards de jumeaux à des milliers de kilomètres, qui ne sont pas nés de la même matrice, qui ne proviennent pas d'un même corps maternel, mais qui ont été fabriqués dans un atelier de reproduction commun et secret où une seule et même matrice mystérieuse a accouché d'êtres ressemblants. « Ressemblance », mot effrayant, on frémit à l'entendre. Tout ce qui participe de la destinée se trouve dans ce mot, c'est un mot démoniaque qui éclaire les abysses où, dans l'atelier terrifiant, les formes préhistoriques de l'être humain sont entreposées, des milliards de larves. On bricole peut-être une douzaine ou dix douzaines d'originaux dans cet atelier – oui, l'homme est impuissant concernant son corps. Seule l'âme discute avec Dieu.

Voilà ce qui se passe avec Ili. Est-elle revenue ?... C'est assez effrayant en soi mais, dans le fond, c'est un phénomène naturel, l'âme et l'expérimentation ne peuvent nier les faits physiques. Il y a encore beaucoup d'Ili, calme-toi. Il y en a dans le Sud, peut-être même y en a-t-il une à Veracruz. « Mademoiselle, vous ressemblez de façon ahurissante à quelqu'un », c'est finalement l'éternel cliché de tout séducteur de pacotille, de tout amoureux et soupirant, le prétexte éculé pour faire connaissance, mais à bien l'écouter, cette « interpellation » est une formule très ancienne pour se rapprocher, non seulement d'homme à homme mais également de l'homme à Dieu. D'une certaine façon, Dieu a « interpellé » ainsi la matière en créant l'homme à son image et à sa ressemblance à partir de cette matière... Il suffit de promener un regard attentif sur le monde humain, surhumain et – quand parfois l'occasion s'en présente, comme aujourd'hui – démoniaque pour y déceler de grandes parentés de toutes sortes. C'est là-bas, quelque part dans les profondeurs, aux enfers, que s'inventent les facéties diaboliques ; cela nous concerne aussi. Comme si une sorte de bal masqué terrifiant se déroulait nuit et jour dans le monde souterrain, un bal où des femmes et des hommes porteraient des masques familiers affolants et d'une épouvantable puérilité. C'est effrayant qu'Ili existe en plusieurs exemplaires sur cette terre, tout comme moi, qui ne suis pas non plus une créature aussi originale et unique que je l'imagine le matin devant ma glace en me rasant. Observe mieux le masque, comme il est familier ! On dirait que tu t'es déjà vu, pas seulement dans un miroir… Pauvre Narcisse, ne sois pas trop orgueilleux ! En fin de compte, tu es comme les autres, un objet fabriqué par douzaines. Peut-être seule la laideur est-elle tout à fait personnelle, celle d'un visage que le destin et le caractère marquent de signes difformes. Il vaut mieux ne pas trop toucher à tout cela : l'homme aborde les limites de la « ressemblance », du « moi » et de l'« autre » dès qu'il fouille dans la matière primitive de ses doigts tremblants. Ce qui est effrayant également c'est que ce double m'ait retrouvé, dans une ville où habitent un million de personnes : en entrant dans une ville où elle est étrangère, cette femme est arrivée précisément chez l'homme qui avait déjà eu affaire à une autre femme au physique semblable. Elle m'a cherché dans cette ville où vivent des milliers de gens de manière aussi efficace que les oiseaux sauvages qui trouvent de la nourriture dans l'espace infini… oui, comme les mouettes qui atterrissent ici, guidées par leur instinct qui les emmène du Nord dans cette direction parce que, dans leur lutte pour la vie, elles espèrent y trouver les conditions atmosphériques et la subsistance dont elles ont besoin. Ce n'est pas une expérience banale, ordinaire… Il est vrai que je cherche à comprendre les phénomènes et les signes sur un mode humain. Mais que puis-je faire d'autre ? Je ne suis qu'un homme. Le deuxième exemplaire m'a trouvé, elle a appuyé sur la poignée de la porte et, avec l'assurance des somnambules, elle a pénétré chez moi, l'homme pour lequel ce visage, ce physique, ce regard et ce sourire signifient davantage que pour les autres, le million d'habitants de cette cité. Il ne peut s'agir que d'une provocation démoniaque ; on dirait qu'ils sont habiles ces temps-ci, là en bas, à organiser le quadrille infernal, les grandes valses du bal masqué. Quel instinct a mené cette femme chez moi ?… Sait-elle ce qu'elle représente pour moi ? Sait-elle ce qui me touche chez elle : son visage, son regard, sa façon de dire – d'une voix un peu rauque : « La délicatesse… Oui, c'est le plus important ! » en détournant et clignant ses yeux de myope, avec un coup d'œil un peu méchant et vexé en direction des mouettes, par-dessus la rambarde du pont, dans le brouillard ? Il est vraisemblable qu'elle l'a compris. Pas avec son esprit mais avec cette conscience impersonnelle de la fatalité qui nous a créés, elle et moi, en plusieurs exemplaires, à la fois comme souvenir et réalité. Un ordre profond règne ici, à la surface, et dans les abysses. Et maintenant, que doit-il se passer ?… Rien. Ce soir j'emmène mon deuxième exemplaire à l'opéra.

Il se lève, s'assied, regarde sa montre, sonne, demande à la gouvernante de commander un taxi. Trois heures et demie. Il se peigne devant la glace de la salle de bains et, penché au-dessus du miroir, observe attentivement son visage. Ah bon, voilà à quoi il ressemble. Très pâle, chiffonné et allongé. Y a-t-il beaucoup d'exemplaires comme celui-ci dans l'entrepôt ? se demande-t-il. Puis, le peigne à la main, il songe encore : Non, cet homme n'est plus jeune. Qu'espérais-tu de l'original et qu'espères-tu aujourd'hui de l'imitation ? Le bonheur ? Le bonheur n'existe pas, mon pauvre garçon. Au fond de l'existence, il y a l'ennui et la faiblesse ; Dieu n'a pas pu faire mieux non plus en créant le monde. Il a exprimé la force avec laquelle Il a transcendé la loi de la faiblesse. Il en est ainsi de la vie, et de la créature… En ce qui concerne les affaires des hommes, une fois que l'on a commencé une chose, on doit absolument la continuer et ensuite, le moment venu, y mettre fin. C'est la règle. Impossible d'y échapper. Donc il faut que tu saches que si tu vas à l'opéra avec la copie, ce n'est qu'un pas parmi ceux, innombrables, qui ont infailliblement guidé le deuxième exemplaire sur les chemins troublés du monde et qu'il sera suivi par d'autres pas qui vont t'obliger, et elle aussi, à poursuivre votre cheminement sur terre, l'un vers l'autre, et vers la mort… Car telle est la signification d'une rencontre, telle est sa logique. Et toi, que peux-tu espérer de cette rencontre que Quelqu'un a organisée de façon aussi magistrale, dans le temps et dans l'espace, au-delà de la mort et des frontières, entremêlant original et copie ? Que peux-tu espérer de la copie alors que l'original n'a jamais su te donner autre chose qu'un suspens de sa conscience, l'espace d'un instant, qu'ont suivi embarras et chagrin, blessure et mort ? L'une des danseuses du quadrille s'en est allée, vous êtes restés à trois, la copie, le chimiste et toi, dans ce monde chaotique et dans le temps. Et, je le répète encore une fois, tu n'es plus jeune. Prends garde, les portes de l'enfer, apparemment, se sont entrouvertes… La voiture est là ? J'y vais, merci.

Il arrive à l'opéra avec une minute de retard. Le grand escalier est dans la pénombre, vide. La femme est debout, seule, sur la dernière marche, un singulier manteau sur les épaules, d'une couleur écrue qu'il n'a jamais vue auparavant : parmi les fourrures à la mode ici, de renard ou autres, il n'a jamais remarqué dans une vitrine un vêtement comme celui-ci. On dirait un chasseur nordique posant au bas de l'escalier, une peau de fauve polaire jetée sur les épaules, d'ours ou de mammifère errant et poilu rescapé d'une ère glaciaire. Sa posture est souple, celle d'un adolescent, et elle observe l'imposant hall désert de son regard calme et inquisiteur de myope. La fourrure luxuriante tombe avec légèreté de ses épaules et, en arrière-plan, l'escalier et les colonnes mettent en relief sa haute et svelte silhouette enveloppée dans le pelage blanc ; fière et solitaire, elle regarde devant elle.

Son apparence n'est pas absolument féminine. Cet être élancé qui observe pourrait être un homme : un trappeur nordique à l'affût, caché par la brume, entre lacs et forêts, un jeune chasseur qui guette le gibier et le danger dans la nuit. Elle a lissé ses brillants cheveux blonds coupés court et fait une raie de côté comme... oui, comme l'autre. Elle ne porte pas de chapeau, et son attention rend le jeune visage grave et inquiétant. Le maintien qu'elle a adopté en se posant ainsi en bas des marches, cette posture d'attente est familière et pas tout à fait féminine, même pas occidentale : une Française ou une Anglaise se tiendrait autrement. Ici, au pied de l'escalier, se tient l'héritière d'une lignée de chasseurs et de pêcheurs, dans une position de guetteur, les yeux étrécis et attentifs, la descendante d'un peuple où hommes et femmes vivent dans une lutte millénaire avec la nature et se préparent à chaque instant à l'éventualité d'un combat sans fin, silencieux et opiniâtre. C'est ainsi que se tiennent depuis des siècles les chasseurs, dans les recoins de lacs tristes à mourir et de steppes brumeuses, dans la solitude de très longs hivers. La posture est familière : accotée à un bâton, elle pourrait être un berger hongrois, un jeune berger dans la Puszta de la grande plaine, vêtu de son ample manteau en peau de mouton hirsute, tête nue, légèrement penché en avant et appuyé des deux mains sur son bâton, immobile, en train d'observer, impassible, le paysage, le jeu banal et opiniâtre de la vie dont la signification finale et, en ce qui le concerne, pas du tout tragique est la mort. Peuples de la même famille... Il s'arrête un instant, contemple cette apparition de jeune garçon et cela le fait sourire. Elle est à la frontière, une frontière de genre et de parenté. C'est une fille aux allures de garçon mais elle pourrait aussi bien être un garçon efféminé, pudique, qui sait écorcher un lynx mais rougit quand il doit s'adresser à une femme ou à un homme plus âgé. Et pourtant elle est tout de même une parente, cette femme du Nord debout au bas de l'escalier de l'opéra de Budapest, dans une position d'attente vigilante. Parente non seulement à cause de la base commune finno-ougrienne, non seulement parce qu'elle s'appelle Unique Vague et qu'elle est tout droit sortie du Kalevala. Mais parente également pour avoir emporté avec elle dans cette ville qui lui est étrangère le regard et le maintien de tout un peuple. Et parce que, dans le silence du Nord et des nuits blanches, dans le scintillement et les friselis de ses innombrables lacs, vivant au rythme des grands fauves polaires, ce peuple connaît encore la même proximité avec la nature et les paysages que le peuple hongrois, pas encore parfaitement adapté à l'habitat urbain, même aujourd'hui où il y a un opéra à Budapest et plus d'une belle ville sous la protection des Carpates… Un peuple encore possédé par la sombre magie des plaisirs anciens, par la chasse, la steppe, les bonheurs des forêts et des montagnes, la pêche, la terre, les bêtes. On dit qu'en son sein il y a de nombreux malades des nerfs, se souvient-il brusquement, et cette association d'idées le surprend ; des statistiques lues il y a peu de temps lui reviennent à l'esprit, des chiffres affirmant que ce peuple très sain a les nerfs extrêmement fragiles : sa lutte perpétuelle contre les éléments et sa profonde solitude lui infligent de nombreuses et subtiles blessures et l'isolement des habitations construites à de grandes distances les unes des autres ronge son âme… Ce peuple dont le corps est aussi robuste que celui des félins dans les forêts du Grand Nord, ce peuple habitué à se baigner souvent, excellent combattant en temps de paix et en temps de guerre, ce peuple solitaire et courageux est nerveux. Et à présent que tant d'hommes sont tombés dans ces combats inégaux et que les femmes ont repris les occupations des hommes… se pourrait-il que cette femme, postée comme une sentinelle à l'entrée de l'opéra dans cette ville étrangère, soit chargée d'assurer une tâche masculine dans le monde ? Elle a reconnu le conseiller à présent et elle s'avance lentement vers lui d'un pas léger et régulier. Le visage familier sourit mais les yeux restent sérieux et continuent d'observer.

Il est en retard et s'en excuse, la femme hoche la tête poliment. Il a beaucoup de travail ; a-t-il toujours autant de travail, y compris le soir ?... Ils gravissent les marches sur la pointe des pieds ; quand l'ouvreuse pousse la porte de leur loge, le flot de musique passionné et dense monte vers eux du fond de la caverne sombre. Ils sont près de la scène, seuls dans la grande loge qui, chaque soir, est réservée aux éventuels visiteurs officiels. La femme s'assied et laisse choir de ses épaules son étrange fourrure ; elle porte une robe de soie noire et l'homme constate, soulagé, que la robe et la femme vont parfaitement ensemble. Il ne pourrait formuler ce qu'il craignait. Peut-être une sorte de provincialisme, une gaucherie estudiantine de boursière ou, pire encore, l'excès vestimentaire parfois déplacé des femmes affolées qui se pomponnent trop par rapport à l'occasion et à leur situation. Mais jusque-là elle n'a commis aucun impair. Elle est assise à côté de lui vêtue de cette robe de soie noire très simple, magnifiquement taillée dans un tissu superbe et provenant de chez un grand couturier, note-t-il, tranquillisé, elle est là dans cette robe dont la simplicité sans prix témoigne du savoir-faire unique des mains qui habillent les femmes du grand monde dans les salons les plus huppés. Aucun ornement sur cette robe en soie noire décolletée : les lignes nobles du cou et de la tête s'y détachent avec fierté dans leur blancheur, sans aucun bijou. Non, je n'ai pas à rougir de ce deuxième exemplaire, songe-t-il, rassuré. Il s'installe à ses côtés dans la pénombre et s'accoude au rebord de velours cramoisi de la loge.

Le grand rideau cache encore la scène. Seule la lueur des projecteurs joue sur la tenture de velours et, dans la fosse, une silhouette élancée au crâne chauve et vêtue d'un frac oscille avec d'amples mouvements de nageur au-dessus du gouffre, au-dessus du flot sauvage de l'ouverture. Les spectateurs n'ont pas encore fini de se placer : ça bouge encore dans les loges et à l'orchestre. Toutes les places sont occupées, y compris les loges qui sont bondées, comme le veulent la mode et la coutume du moment, où il est impossible de se procurer un billet pour l'opéra des semaines avant les représentations car les gens consomment la musique avec autant d'avidité et d'ardeur désespérées que le pain et les aliments, comme s'il était impossible de vivre sans musique. Depuis un certain temps, on se bouscule ainsi dans toutes les salles de concert. Il en est de même dans les cafés où l'on dévide de la musique bon marché, où l'on mijote des décoctions délayées et des lavasses écœurantes à partir du noble et dense poison dont l'action ronge plus profondément le système nerveux humain que la vivacité de la parole. Ils veulent de la musique, comme si les mots n'avaient plus de sens et que la musique faisait office d'opium, encore capable d'engourdir et d'apaiser les nerfs ulcérés des hommes. La femme se tient droite, ses mains et son petit réticule de perles noires reposent sur le bord en velours de la loge : disciplinée et très attentive, elle scrute les profondeurs. On s'y agite et on y souffle encore beaucoup, plus haut aussi, mais la musique a déjà touché la foule. Le grand corps du public s'étourdit peu à peu comme après une piqûre d'opium, les regards se font plus fixes et, scintillant comme du verre, s'accrochent au rideau de velours, prisonniers du sortilège, les mains cessent de tripoter le programme ou les jumelles, tandis que l'homme chauve au-dessus de la fosse, les bras écartés, flotte lentement dans les premières notes familières du premier acte. La piqûre commence à faire effet ; la grande foule puérile se tait.

On a éteint les lustres du plafond mais l'immense salle baigne encore dans une lumière tamisée ; le conseiller se penche par-dessus le rebord de la loge, il reconnaît des visages aux premiers rangs et dans les loges voisines, il salue et répond à des salutations par des hochements de tête discrets. Plusieurs paires de jumelles inquisitrices se tournent vers l'apparition étrangère exposée dans le cadre de la loge, la jeune femme noir et blanc. Celle-ci perçoit et enregistre les regards et se prête à l'examen, stoïque, sans bouger, avec l'immobilité d'un jeune animal ébloui qui sent qu'on l'observe et n'a pas encore décidé s'il doit s'enfuir ou pas… L'homme recule un peu son siège avec des mouvements précautionneux pour se placer au fond de la loge et c'est de là qu'il observe, d'un point de vue mondain, la présentation de la jeune femme à l'opéra. Elle a du succès, constate-t-il, satisfait. L'apparition est étrangère, d'une beauté non seulement surprenante mais différente de celle des femmes d'ici installées dans les autres loges. On dirait qu'elle a apporté avec elle quelque chose de son monde habituel. Une sorte de sauvagerie semble émaner de son apparence, de son corps svelte enveloppé dans la soie noire ; les blanches épaules, le cou et la tête aux lignes nobles, les traits singulièrement irréguliers du visage dont l'harmonie est créée par le port de tête, le regard et l'expression calme et un peu ironique de la bouche, tout cela est étranger, ne vient pas d'ici. Il est difficile de préciser ce qui, chez elle, est différent : c'est une femme belle, jeune, parfaitement habillée, absolument semblable à celles qui se trouvent dans les loges d'en face et d'en haut, et pourtant, de cette figure se dégage cet « autre » qu'il est incapable de définir avec des mots ; s'il n'était pas son accompagnateur et ne faisait qu'assister à l'apparition, il céderait lui aussi à la pulsion irrésistible de brandir ses jumelles dans sa direction. Une suffisance masculine primaire l'envahit tout entier mais en même temps cette vanité le fait sourire. N'importe quel mâle ressent ce genre de trac lorsqu'il se montre en public avec la femme élue et souhaite provoquer ces regards curieux, cupides, approbateurs, garants de son crédit viril. On regarde le deuxième exemplaire exactement comme on regardait l'original, songe-t-il, à la fois satisfait, amusé et triste. Ili aussi attirait les yeux des hommes et des femmes, des regards jaloux et cupides épiaient chacun de ses gestes, le charme de sa beauté âpre et androgyne éveillait partout des désirs et des colères... Jamais il n'avait pu considérer cette beauté exposée au monde avec la tranquillité suprême d'un propriétaire, il se mettait toujours en retrait, dans une position d'accompagnateur, de personnage officiel bien élevé qui veille sur l'objet exposé... Mais à cette époque il souffrait car Ili était belle et qu'il aimait cette beauté. À présent, dissimulé dans la pénombre de la loge, il ne fait que s'émerveiller et admirer, avec une attention satisfaite et curieuse. Ce deuxième exemplaire est très beau, double fidèle de l'autre. Toutefois cette femme-ci n'a plus le pouvoir de le faire souffrir.

Cette triste certitude le gagne entièrement. Il regarde la belle femme aux traits familiers que la volonté absurde et ridicule, choquante et banale de la vie a jetée sur son chemin une fois de plus et il pense avec un soulagement secret, à la fois tranquillisé et triste : Non, apparition, tu ne peux plus me faire de mal… La douleur est partie, la vie l'a transformée : il l'a connue, il a gémi, ensuite il l'a cachée aux yeux du monde et quasiment embaumée pour la conserver telle une somptueuse momie dans la salle des morts de la mémoire. La souffrance causée par l'amour s'en va aussi, ne te leurre pas. Reste le deuil, une sorte de rite officiel pour les étrangers, pour le souvenir. La douleur, c'est autre chose, même muette elle est un cri animal. Les animaux sauvages hurlent comme ça quand quelque chose, clarté des étoiles ou odeurs inconnues, échappe à leur compréhension, alors ils prennent peur et se mettent à gémir. Le deuil, c'est une expérience, c'est déjà du sens. La douleur, elle, se transforme un jour et tout, l'orgueil, les blessures d'amour-propre de l'état de manque, tout se consume dans le flamboiement obstiné et purificateur de la souffrance pour laisser place au souvenir que l'on peut soigner, dompter, mettre de côté. Il en est ainsi de toute représentation et passion humaine. Et parce que tu sais cela, c'est en vain que la vie joue un quadrille aussi singulier, qu'elle fait surgir et affiche des souvenirs incarnés, des répétitions, c'est en vain qu'elle fabrique des fantômes ressemblants et démoniaques, qu'elle t'amène des copies conformes par les chemins obscurs du monde : une telle rencontre peut tout t'apporter, surprise, expérience, tout sauf de la douleur, plus jamais.

Voilà pourquoi il est assis, tranquille, dans la pénombre à l'arrière de la loge et que, calmé, il étire ses membres. La femme, grâce à l'instinct sans doute dû à ses origines, ressent son soulagement. Elle se tourne légèrement vers lui, un questionnement dans les yeux : Alors, j'ai passé l'examen ? Tu es satisfait, ton excellence ?… Je n'ai pas porté atteinte à ta dignité de mâle ?… Oui, je suis belle. Es-tu vraiment si tranquille ? N'as-tu pas un peu peur ?… Les yeux familiers s'animent et étincellent un instant dans la pénombre. Elle sourit, d'un air à la fois poli et moqueur, comme si elle penchait un peu son jeune buste, exprimant par l'ironie de son mouvement la soumission de l'odalisque qui s'incline, rassurée, car elle a réussi à plaire au pacha. Comme elle est hautaine, pense-t-il au moment où elle se retourne vers la scène et le public. Ili n'était pas si hautaine. Elle était plutôt fatiguée, et quand elle se moquait, en trahissant par un geste de la main ou un éclair dans les yeux que c'était aussi bien d'elle que de lui, ainsi que de tout ce que la vie propose et dispense, elle était assez triste dans sa gaieté railleuse… Cette femme-ci est dédaigneuse. Il faut faire attention. Mais tout cela n'a pas beaucoup d'importance parce qu'elle ne peut pas me faire de mal.

Il baisse les yeux vers les profondeurs. Avec sa baguette magique, l'homme chauve en frac a ensorcelé la foule, ces bêtes sauvages infantiles… mais l'enchantement n'est pas total. Le public est inquiet. D'une inquiétude retenue, sans paroles. La question impossible à formuler résonne dans cette attente musicale : le public ressemble à un malade que le médecin a plongé dans un sommeil hypnotique et qui résiste contre l'engourdissement et l'endormissement avec sa dernière parcelle de conscience en marmonnant des mots sans suite, en bredouillant des bribes de phrases qui ne font que révéler sa peur et son opposition. Comme si l'envoûtement provoqué par la baguette magique de l'homme chauve dans le grand bâtiment n'agissait pas encore vraiment : dans les loges, des têtes s'inclinent les unes vers les autres, quelqu'un salue et son regard fixe et alarmé questionne les hauteurs, en direction de la loge officielle. Le conseiller se rend compte à cet instant que les loges d'apparat sont vides. Pourtant personne n'est censé rien savoir de sûr…, se dit-il, troublé. Il croise les bras et, tâchant de se confondre avec la semi-obscurité de la loge, il compte mentalement et réfléchit. Pour le moment, seules cinq ou six personnes sont au courant de ce qui demain se transformera en réalité, dont tout le monde sera informé… mais à cet instant précis, ils ne sont que six à savoir. Des hommes dont le silence et la fiabilité sont absolus. Absolus, vraiment ?…, songe-t-il. Disons plutôt que ce ne sont que des hommes, avec une épouse, une maîtresse, un ami, un autre être humain, le seul, l'unique pour qui ils n'ont aucun secret. Ils ont donc un lien irrépressible avec le monde, lequel ne supporte plus les secrets. Tous les gens qui se trouvent là, à l'orchestre et dans les loges, ne connaissent certainement pas la vérité, mais la tension palpable au sein du public a la densité et la force des très rares moments de la vie où les hommes éprouvent sans intermédiaire aucun la réalité du destin. Ce qui les rend soudain à la fois particulièrement fébriles et apaisés. Ils ne savent encore rien, ils n'ont pas encore écouté la radio ni lu les journaux… mais il semblerait qu'ils n'aient besoin ni de radio ni de journaux pour savoir ce qui est d'une importance capitale pour leur destinée.

Pour l'instant en tout cas, ils sont assis dans la salle de l'opéra… Grande image qui rassemble tous les symboles du rituel de la culture : musique, architecture, public en tenue de soirée, une certaine forme de recueillement et de fascination, l'atmosphère religieuse de l'Art. C'était cela, l'Europe…, songe-t-il, et il se penche par-dessus le rebord de la loge, regarde vers le bas, vers les rangées de lumières en demi-cercle, l'orchestre et son chef, le rideau de velours rouge, les décorations luxueuses du bâtiment, exactement à la manière d'un touriste qui contemplerait le théâtre en ruine où l'on représentait jadis les chefs-d'œuvre de Sophocle, dans une cité antique dévastée dont la lave a anéanti les maisons, les habitants et la culture. Les hommes et la culture sont encore présents ici et la fatalité tient l'ensemble au creux de sa paume indifférente. En ce bel instant de fête qu'est l'ouverture de l'opéra, ils sentent quelque chose et ils gémissent. Ils pressentent que leur destin ne leur appartient plus entièrement car le sort de chaque Européen s'est transformé en données statistiques. Maintenant, Péter et Emma ne vivront plus leur vie pour eux-mêmes mais ils devront compter avec l'ensemble au sein duquel le sort les a placés… et ils ne se sont pas encore habitués à ressentir les choses ainsi. D'ailleurs il est probable que l'on ne peut jamais entièrement s'y habituer. Comme cette musique est douce ! Que jouent-ils donc ce soir ?… Alors que le rideau est déjà levé depuis quelques minutes, il commence seulement à prêter attention à la scène : des rochers et des gibets en arrière-plan, et un homme qui chante d'une voix sombre. Le conseiller tend la main vers le programme, il reconnaît la musique. Verdi, oui. Comme elle est dense, avec quelle ampleur elle jaillit et se répand ! *Le Bal masqué*… Allons-nous rester jusqu'à la fin ? Et après ? Que faire d'elle ? J'affirme que je veux la paix parce que mon âme n'appartient qu'à moi, parce que je vais mourir, demain ou bientôt, et que je dois rendre mon existence et mon masque à Dieu, parce que j'en ai assez de l'égoïsme intéressé et de l'orgueil attaché à cette brillante mortification qu'est la relation entre un homme et une femme, relation qu'une littérature mensongère et imprécise a appelée « amour ». Oui, j'en ai assez. J'ai besoin de paix maintenant, vous entendez, les originaux et les copies ! Assez de l'étude du matériau humain. (La musique déborde à présent.) En Orient, dans ces moments-là, les gens quittent leur maison et se réfugient dans les montagnes. Un destin plus profond et plus indifférent que tout ce que l'homme pourrait construire pour lui-même réintègre un jour en son sein les sages et les humbles. Assez de cette peau qui attrape la chair de poule, assez de cette chair qui frémit au contact de la musique et de l'amour, assez également de la mort possible de celle qu'on aime, assez du désir et de sa satisfaction, des marchandages humiliants, de la volupté, de la tendresse, du chantage à la solitude sans espoir... Je suis comme quelqu'un qui aurait honte de participer à la ronde d'un bal masqué orgiaque et qui profiterait d'un tour pour jeter bas le masque et le déguisement sous la protection desquels il virevoltait jusque-là. Ça suffit, pense-t-il, mesdames et messieurs, je veux rentrer à la maison. Chez moi, dans ma solitude. Assez de ce rôle de Paillasse, je ne revêtirai plus l'accoutrement de l'Amour ni le masque du Séducteur : je veux me cacher le visage entre les mains et je veux me taire, parce que je suis un homme.

La douce musique se répand, dense et chaude, dans la grande salle, tel un vent du sud.

Au bout d'un certain temps, les lumières se rallument puis s'éteignent à nouveau. Sur scène, une voix chante avec une folle obstination : « Oscar sait mais il se tait… » Cela le fait rire. La femme se retourne et lui demande en souriant : « Vous êtes déjà allé à un bal masqué ?

– Une fois. À Cologne, quand j'étais étudiant.

– Ce doit être magnifique, un vrai bal masqué, dit-elle.

– Au petit matin, tout le monde était ivre et vomissait », répond-il, fidèle à la réalité.

Ils se taisent parce que la musique les interrompt. Ce sont les premiers mots qu'ils prononcent dans la loge, ils sont assis côte à côte comme un garde et son prisonnier dans un fourgon cellulaire qui traverse la ville.

« Ça a été une très belle soirée, je vous remercie », dit la femme qui s'assied dans le fauteuil de cuir bas, adossé au bureau. Elle allume une cigarette avec un minuscule briquet en or qu'elle a sorti de sa pochette de soirée noire.

Tiens, se dit-il, cette femme n'est peut-être pas vraiment un pauvre professeur scandinave titulaire d'une bourse. Cela dit, il est possible que ce briquet soit un héritage du pêcheur qui possédait des bateaux et lisait le Kalevala.

« Il me reste du café…, propose-t-il, avec une certaine gaucherie. Mais je crois qu'il faudrait le moudre et la gouvernante est couchée.

– Je vous en prie, ne vous dérangez pas, dit la femme. Je reste dix minutes, comme il convient dans les romans ainsi que dans notre situation, quand une dame monte pour la première fois dans l'appartement d'un monsieur qu'elle ne connaît pas. Ne m'interrompez pas, continue-t-elle en français. Maintenant c'est à moi d'expliquer cette situation à votre place. C'est le couvre-feu qui nous a contraints à monter chez vous, n'est-ce pas ? Cette visite nocturne n'a aucune autre signification particulière ; cela, je le sais mieux que vous. Donc je suis montée. Je vous en prie, servez-moi un verre de cette bouteille à long bec. Merci… Et dans dix minutes, appelez-moi un taxi. »

Elle se niche dans le fauteuil bas, avec les mouvements d'un félin gracieux qui cherche une tanière ; elle regarde l'homme avec attention et gravité puis s'adresse à lui, en hongrois : « Pendant ces dix minutes, j'aimerais vous dire quelque chose.

– Et moi, dit-il, pendant ces dix minutes, j'aimerais vous demander quelque chose.

– Procédons par ordre, réplique la femme. La soirée fut fort belle… La dernière soirée d'opéra à laquelle j'ai assisté, c'était à Paris. Il y a un an, oui… La Pologne était tombée mais Paris n'en savait rien encore. La *drôle de guerre*[1] durait depuis quelques mois et Paris était complètement insouciant. Les loges étincelaient et les danseurs tourbillonnaient sur scène, toutes sortes de

1. En français dans le texte.

militaires haut gradés en uniforme d'apparat jouaient des jumelles, il y avait des diplomates et des politiciens en frac et des femmes, comme si Paris voulait exhiber tous ses trésors avant que le monde s'obscurcisse... C'était le printemps, une soirée particulièrement douce. Dehors, dans la nuit, les lueurs bleues et mystérieuses des clignotants des voitures scintillaient. C'est la dernière fois que je voyais, dans toute son insouciance et sa splendeur, cette autre vie que nous ne posséderons peut-être plus jamais. On ne croyait pas à la "drôle de guerre". Et ce soir, pour la première fois depuis longtemps, j'ai revu encore ce beau tableau : des femmes superbes et des hommes bien habillés au beau milieu de la guerre, perdus dans une relative inconscience, comme si la guerre se déroulait loin, loin d'eux, comme si tout ce qui rendait la vie belle et brillante fonctionnait encore, comme si chez nous et partout ailleurs dans le monde les maisons ne brûlaient pas la nuit, les mères ne grattaient pas la terre où les gravats d'une cave écroulée avaient enfoui leurs petits... comme si la vie était une sorte de rêve, de fête légère et belle, encore aujourd'hui. Cela faisait longtemps que je n'avais pas ressenti et considéré les choses ainsi. Quelle ville merveilleuse que la vôtre, cher parent, dit-elle avec un sourire poli et quelque peu ironique. Au sein du monde en flammes, une soirée à l'opéra suivie d'une heure charmante dans un restaurant raffiné où se retrouvent pour dîner des femmes magnifiques et des hommes distingués. Une ville insouciante », conclut-elle brièvement, avec une intonation sèche.

L'homme s'appuie contre la bibliothèque, les bras croisés.

« En êtes-vous sûre ? dit-il avec lenteur. Peut-être pas aussi insouciante que vous le croyez. Les représentations à l'opéra sont toujours très trompeuses, y compris pendant la guerre. C'est ailleurs que l'on perçoit la vie et les soucis chez nous, mademoiselle. Pas à l'opéra.

– C'est ce que j'ai pensé », répond la femme vivement. Malgré sa gentillesse et un certain enthousiasme d'écolière, l'ironie reste sous-jacente dans chacune de ses paroles. « Naturellement, je me suis rendu compte que ce que je voyais n'était pas le vrai visage de la ville. Donc vous me dites qu'elle n'est pas insouciante ? Comme c'est intéressant, poursuit-elle, avec une certaine naïveté. Mais pourtant vous vivez en paix, vous n'avez rien à voir avec la guerre.

– Je crois que toute la planète a quelque chose à voir avec cette guerre », lui répond-il d'un ton docte. Et il la regarde avec une sévérité involontaire, comme un professeur qui remet un élève à sa place.

« Oh, certainement », réplique la femme. Elle souligne ses mots d'une façon particulière ; par exemple, ce « oh », elle l'a accentué à l'anglaise. On voit et on entend qu'elle a beaucoup vécu à l'étranger, et dans beaucoup d'endroits, pense l'homme. Quant à elle, elle poursuit avec affabilité : « Mais tout de même la réalité est autre. Durant la Grande Guerre je n'étais qu'une toute petite fille. Mais j'ai entendu dire qu'elle avait été différente. Ceux qui n'étaient pas proches des champs de bataille ne se rendaient même pas compte de ce qu'était la vraie guerre… Est-ce vrai ? Vous devez vous en souvenir mieux que moi. »

L'homme répond avec sérieux : « Je m'en souviens mieux parce que… en fait, j'étais du côté de la Piave. Il est vrai que j'étais jeune, moi aussi. Mais je ne veux pas vous entretenir d'histoires de guerre, mademoiselle. Les dix minutes vont vite passer et vous vouliez me demander quelque chose.

– Oui. » Elle fume tranquillement, comme si elle avait tout son temps. « Vous tenez aux dix minutes ? Pourraient-elles se transformer en quinze minutes ? Enfin, si vous avez le temps, si vous ne devez pas vous lever tôt demain, si vous n'avez rien à faire cette nuit… »

Il sourit et elle continue : « Parce que la réalité est différente. Vous ne la connaissez pas encore. J'espère que vous ne la connaîtrez jamais. Mais dans la cave, j'ai brutalement compris ce qu'était la réalité quand je me suis réveillée parce que la maison de mon père s'était écroulée au-dessus de ma tête. Tout ce que j'avais vu, pensé et lu jusque-là, le monde entier n'était qu'un rêve, aussi brumeux et trouble que des images sorties d'un songe… Telle a été la réalité, la première réalité dans ma vie : le bruit de tonnerre de la maison au bord de la mer, où vivaient mes grands-parents et mes parents, qui s'écroulait. Ensuite, en bas, dans la cave, l'odeur de fumée que nous avons sentie.

– C'était une grande maison ? » demande-t-il à voix basse et confidentielle.

Elle hausse les épaules.

« Non, ce n'était pas une grande maison. Mais c'était la nôtre… vous comprenez, n'est-ce pas ? La seule maison au monde dont je savais ce que contenaient les tiroirs et où dans la grande pièce, à côté de la cheminée, il y avait le fauteuil dans lequel était morte ma grand-mère, et dans lequel mon père s'installait tous les soirs pour lire quand il rentrait du travail. Il y avait encore beaucoup d'autres choses dans cette maison. Il y avait une pièce d'où l'on voyait la mer et les voiliers par la fenêtre : ma chambre. Et tout le reste, tout ce qui appartient à une maison où ont vécu grands-parents et parents, où nous sommes nés, et presque morts – parce que nous sommes restés coincés dans la cave où nous avions tous la nausée à cause de la fumée. Ça, c'était la réalité. Et celui qui ne l'a pas vécue ne sait pas ce que l'on ressent quand on est assis dans une cave, quand la maison au-dessus de soi s'écroule et que tout ce qui appartenait à la vie de la famille et qui signifiait l'enfance, tout se réduit en cendres, non, il ne sait sans doute pas vraiment ce que c'est, la guerre.

– Nous avons entendu pas mal parler de choses de ce genre, dit-il à voix basse, d'une voix qui rétablit la vérité et s'excuse à la fois.

– Oui, vous en avez entendu parler, vous l'avez lu, répond-elle avec froideur. Peut-être avez-vous même vu des images dans les journaux et au cinéma… Mais entendre le fracas que cela fait, quand tout ce qu'une famille a construit et rassemblé s'effondre, ça, c'est autre chose. Ne croyez pas que le bruit soit très fort, en réalité. Depuis une demi-heure, on entend le hurlement rauque des canons antiaériens, de si près que chaque canon semble gronder dans la cave. Puis soudain le silence se fait. Pendant un instant, il se fait un silence, un silence comme… Non, c'est impossible à décrire, à saisir uniquement grâce à des photos et au cinéma. Ce silence, il faut l'entendre, une fois dans sa vie, quand la maison familiale s'effondre au-dessus de sa tête. Un instant terrifiant ? Je ne sais pas… Même pas. Complètement différent de ce que l'on a pu imaginer ou connaître autrefois. Comme la naissance ou la mort, quelque chose qui ne se produit qu'une seule fois dans la vie… vous comprenez ? Car une maison familiale, il n'y en a qu'une dans l'existence d'un être humain, une seule, et elle ne s'écroule qu'une seule fois également, quand elle est touchée de plein fouet. Et le chien… bizarre que ce soit mon souvenir le plus intense. Vous savez, les chiens sentent le danger. Les araignées aussi.

Vous ne me croyez pas ?... Je l'ai vécu, ce pressentiment, le soir même, avec notre chien, et dans la salle de bains, avec les araignées. Cela faisait trois nuits qu'Helsinki était bombardée et nous dormions la plupart du temps dans la cave, ma mère, la nourrice, moi et notre vieux chien, un dogue danois. Et nous n'avions pas peur. Pendant trois semaines, les avions ont attaqué presque tous les soirs et tous les soirs après l'alarme nous descendions à la cave car beaucoup de maisons avaient été détruites dans le quartier. Le chien s'appelait Castor et il savait tout ce qui se rapportait à la famille. Il avait dix-sept ans, des yeux chassieux et suintants, mais ni mon père ni moi plus tard ne l'avions laissé abattre parce qu'il vivait dans la famille comme un parent âgé un peu grognon qui sait tout et qui appartient à cette communauté particulière plus forte que la volonté humaine... comment dit-on ? Communauté de destins ?... Merci. Donc Castor, le dogue danois, en faisait partie. À la mort de mon père, il était resté avec moi, il dormait devant la porte de ma chambre. Ce soir-là, il y avait l'homme qui par la suite a épousé ma mère parce que moi, je n'avais pas voulu l'épouser. Mais cela ne vous intéresse sans doute pas... Castor haïssait cet homme mais il était tellement intelligent, tellement discipliné – je parle du chien, naturellement – qu'il ne montrait jamais sa haine. Quand l'homme venait nous rendre visite, le chien restait froid et bien élevé. Le jour où la maison s'est écroulée, il a fait nuit tôt. Nous étions au début de l'automne, vers la fin du mois de septembre. Il avait plu dans l'après-midi. L'homme dînait chez nous, nous n'avons pas beaucoup parlé ce soir-là. Puisque nous l'évoquons, je dois vous dire qu'il avait l'âge de mon père et qu'il voulait tout ce que la vie avait offert à mon père… ils avaient été élevés ensemble, plus tard ils avaient monté une affaire ensemble, ils avaient tous les deux fait la cour à ma mère et la vie avait accordé à cet homme toute la réussite extérieure, l'argent, le pouvoir… mais ça ne lui suffisait pas. Il lui fallait ce que mon père possédait : la maison, ma mère et, plus tard, moi. De tels hommes existent, qui n'ont qu'un seul rival et que rien n'intéresse excepté la maison, le négoce, la femme du rival. Je sais avec certitude que cet homme est en partie responsable de la mort de mon père… il avait créé autour de lui des circonstances telles que mon père, cet homme modeste aux yeux bleus et tristes qui préférait la lecture à tout le reste, n'a pu faire face à ces circonstances et qu'il a choisi de mourir. Mais de cela, nous ne pouvions jamais parler. Il a voulu se coucher dans le lit de mon père, à côté de ma mère ou à mes côtés, il voulait la maison où nous étions heureux, mon père et nous… ma mère savait cela, même toutes les années où elle a vécu avec mon père. Mais… pardonnez-moi… je vous dis tout cela pour que vous vous rendiez compte à quel point tout concordait parfaitement ce soir-là avec ce que voulait cet homme, avec son désir : la maison sans mon père, avec ma mère et moi. À cette époque, il venait chez nous chaque soir. Castor et moi savions pourquoi il venait, quel but il poursuivait. Nous ne lui aboyions pas dessus mais nous savions, et nous nous taisions. Beaucoup de choses dépendaient de cet homme. J'avais un peu peur de lui, comme on craint un fou, pas vraiment le fou lui-même mais cette force sauvage et muette que le fou incarne. Avant le dîner, je suis allée dans la salle de bains me laver les mains et c'est alors que j'ai vu les araignées. Je n'avais jamais su jusque-là que dans notre maison il y avait des araignées… je n'entends pas par là jouer à la demoiselle fière de la propreté de sa maison mais, je vous prie de me croire, dans notre maison on ne supportait pas les araignées. Et là, soudain, dans la lumière de l'ampoule électrique, elles étaient là, à grimper et à courir, par douzaines, sur le mur blanc, au-dessus du miroir et du lavabo, tel un essaim affolé, insensé, de grosses araignées dégoûtantes, dans une panique visible… Alors je me suis pressé les mains sur le cœur devant le lavabo, j'ai regardé les araignées et j'ai su. J'ai tout su mais quoi ?… Seulement ça : Ça y est. Voilà ce que j'ai pensé. Mais qu'est-ce qui y était ? La mort ? La destruction ? Ça et quelque chose de pire encore. Quelque chose qui n'arrive qu'une fois dans la vie, quand on sent que des forces épouvantables se sont ébranlées et réunies, que le Soleil, la Lune, les étoiles, tous les rayons, toutes les intentions se sont ligués contre soi et la vie… cet instant où les araignées ont surgi dans notre maison si propre sur le mur blanc, pour se mettre à courir et grimper comme des folles. De même que les animaux sauvages dans la Bible le jour où le Jugement dernier est annoncé… J'ai regardé les araignées. À ce moment-là, j'ai dit adieu à la maison car je savais que *c'était arrivé…* Cet adieu, je ne l'ai pas fait avec mon cerveau. J'ai fait couler de l'eau brûlante sur mes mains et mes mains sont restées glacées. Je suis retournée dans la pièce où l'on avait déjà allumé les lampes et j'ai cherché le chien. Il est venu tout de suite vers moi en gémissant. Il faut savoir qu'un vieux molosse danois est un être extrêmement solennel et n'a pas l'habitude de geindre comme les chiens de compagnie. Or, en cet instant, il s'est assis à côté de moi, il a levé sa tête chenue comme s'il flairait quelque chose et il a gémi, doucement. Puis il s'est tu. Mais il ne m'a pas quittée de toute la soirée. Je n'ai rien dit des araignées, je me suis assise pour dîner avec ma mère et cet homme, et le chien était allongé là, à mes pieds, sous la table, et moi, j'étais assise là, muette, et je savais : Ça y est. Mais ça, je ne pouvais le dire à personne. Je n'ai pas ouvert la bouche et mon mutisme commençait à énerver les autres. Le dogue ne s'était jamais comporté de cette façon auparavant, jamais rien ne l'avait inquiété, ni les raids aériens, ni le hurlement des sirènes, ni le tonnerre des bombes, et jamais il n'était descendu avec nous à la cave : telle une créature souveraine, la nuit, il allait et venait dans la maison durant les attaques, sortait dans le jardin, observait les traces lumineuses des roquettes, sans avoir peur. À présent, il avait peur… Et, assise à la table sous laquelle était couché le chien, je sentais à mes pieds la chaleur de son grand vieux corps et je savais que c'était la fin de quelque chose qui avait été très bien… l'enfance, la maison des parents, cette chaleur qui jusque-là avait baigné ma vie. Je me suis forcée à manger mais la nourriture me restait en travers de la gorge. Je baissais la tête au-dessus de mon assiette pour qu'ils ne voient pas mon angoisse. On aurait dit que la pièce s'était peuplée des esprits de tous ceux qui avaient vécu dans la maison jadis et que chaque objet, chaque action qui avait rempli la pièce autrefois réapparaissait entre ces murs, je voyais tout ce qui avait été, mon enfance et celle de mon père, mon grand-père mort et ce dernier soir de Noël où mon père vivait encore. Personne ne disait rien. Alors ma mère, très pâle, souriant et frissonnant de peur, les lèvres tremblantes et exsangues, a dit : “Je crois que ce soir, il va se passer quelque chose.” Et l'homme d'ajouter : “Oui, moi aussi, je le crois” et, toutes les deux, nous avons entendu la peur dans sa voix et la terreur marteler son cœur. Le chien s'est mis à gronder sous la table. J'ai pensé aux araignées et je savais qu'on y était. Vous comprenez cela ? Les araignées, le chien et le danger ? Comment les choses se relient-elles entre elles dans le monde ? J'ai beaucoup réfléchi à tout cela mais sans résoudre quoi que ce soit… Plus tard, à Paris et à Londres, dans les musées, les bibliothèques, j'ai cherché une réponse… Oui, parce que après cette nuit-là, je suis partie, à Paris d'abord puis, de là, à Londres. Pourquoi ? C'est une autre question. Je suis partie, c'est tout… Je voulais connaître l'histoire des primitifs, l'histoire et la religion de ceux qui croient encore dans les forces de la terre, dans les liens entre l'instinct des animaux et celui des hommes, qui croient que chaque humain est placé sous la protection d'un animal, qui croient que l'on peut s'acquitter du destin par des sacrifices et qui s'adressent directement aux éléments en colère régnant sur la destinée humaine. Mais les primitifs ne m'ont pas répondu non plus. J'ai appris comment on peut tuer un être à distance, simplement par la volonté et l'intention… mais de cela, on ne parle pas dans notre monde, on ne fait que deviner le mystère, les ermites, les chamanes, les descendants des voyageurs célestes, dans leurs maisons solitaires, au bord de lacs brumeux… Nous n'avions pas fini de dîner que les sirènes ont mugi. Ce jour-là, c'était la troisième alerte, la première avait eu lieu à deux heures de l'après-midi, la deuxième vers six heures et ni l'une ni l'autre n'avaient duré longtemps. Et Castor était resté tranquille les deux fois. Mais là, quand les sirènes ont hurlé, il a sursauté, son poil s'est hérissé, ses yeux chassieux ont étincelé d'une lueur trouble et verdâtre, notre pauvre vieux chien était effrayant dans sa frayeur, telle une bête de Satan... et il a couru en gémissant vers la porte menant à la cave. Nous nous sommes tous précipités à sa suite. Quelques minutes plus tard, le silence soudain s'est fait. Et la maison s'est écroulée sur nous. Tout est différent de ce que l'on imagine à l'avance, ajoute-t-elle doucement, avec simplicité.

– Oui, dit-il, les bras croisés, immobile, appuyé contre la bibliothèque en face de la femme. C'est à cela que vous avez pensé ce soir à l'opéra ?

– Entre autres, répond-elle, et, de ses doigts effilés, elle éteint sa cigarette dans le cendrier en céramique, se rencogne dans le fauteuil et croise les bras. Je regardais ces femmes vêtues de belles robes, ces hommes élégants, et j'ai pensé que cela faisait des années que, chez nous, on n'avait pas le temps de s'habiller pour aller au théâtre. Et dans la journée aussi, dans les rues, ici, tout est différent... une telle insouciance, les gens qui se promènent... Chez nous, tout le monde se dépêche de vaquer à ses affaires comme si chaque geste de la vie était urgent. Ici c'est encore la paix, il est vrai que ce n'est pas une paix parfaite mais tout de même, cela y ressemble. C'est pourquoi je dis que si on ne l'a pas vécue, on ne peut savoir ce qu'est la guerre ni ce que l'on ressent quand la maison qui nous a vu naître s'effondre sur notre tête… »

L'homme remplit deux verres étroits de l'alcool au parfum puissant contenu dans la bouteille à long col. En tendant l'un des deux à la femme, il proteste : « Nous ne la connaissons pas encore à l'heure qu'il est. Mais le temps est compté… il ne passe pas, il vole ! Aujourd'hui, il n'y a pas une seule maison qui soit à l'abri, mademoiselle. »

La femme prend le verre et demande avec vivacité et une nuance singulière dans la voix : « Vous croyez ? » Elle regarde autour d'elle et sourit. « Monsieur, dans cette pièce par exemple, les meubles sont posés gentiment à leur place. Je constate que ce sont des meubles anciens. Ici, quel que soit l'endroit où l'on va, on se sent en sécurité. Et cela, on ne l'éprouve plus guère, sauf dans une minorité d'appartements et de pays. »

Ils lèvent leurs verres et boivent la forte eau-de-vie cul sec.

« Espérons, dit-il à voix basse, que tout restera en place, dans l'appartement et le pays. »

Ils reposent leurs verres sur le plateau.

« Oh oui, espérons, acquiesce-t-elle sur un ton poli et curieux

– Et ensuite, vous êtes partie à Paris, à l'opéra ?…

– Ensuite ?… », reprend-elle, en regardant devant elle comme si elle y voyait quelque chose, les yeux grand ouverts. À présent on dirait qu'elle ne prête plus aucune attention ni à la situation ni à l'homme. « Oui, dit-elle distraitement, revenant sur terre. Ensuite je suis partie à Paris et ailleurs. Je n'avais plus aucune raison de rester chez moi. Plus exactement, je n'avais plus de chez-moi. Pourquoi serais-je restée, n'est-ce pas ?…

– Assurément, répond-il avec courtoisie. J'ai entendu dire que les femmes finlandaises ont joué un rôle magnifique dans cette guerre… c'est un fait avéré dans le monde entier, au-delà des océans, jusqu'en Amérique. Elles ont été d'un grand secours quand les maisons ont commencé à s'écrouler.

– Quand un pays connaît le malheur, il existe beaucoup de façons d'aider, dit-elle d'un ton sec. Il y a des gens qui restent chez eux. D'autres qui s'en vont. Moi je suis partie, ajoute-t-elle, presque sévère. La Finlande possède des amis dans le monde et cela vaut la peine d'aller les chercher. »

Elle se tait soudain.

Elle est très belle en cet instant. Elle s'est redressée dans son fauteuil, ses yeux gris-vert étincellent, de ses deux mains fines et allongées elle arrange distraitement ses cheveux. Elle secoue la tête et sourit.

« Vous êtes nos amis, n'est-ce pas ?… Même si vous ne vous battez pas… Vous ne vous battez pas ? N'est-ce pas ?… »

L'homme se tait et ils se regardent fixement, les yeux vitreux.

« Écoutez », dit-il tout à trac, d'une voix pressée et basse. Il reste immobile, les bras croisés, le buste légèrement incliné, debout contre la bibliothèque. « Dix minutes ou quinze minutes ou une demi-heure de cette nuit... peu nous importe à l'un comme à l'autre. Vous dites que dans cette pièce les meubles sont bien à leur place. Je l'espère de tout mon cœur et pas seulement pour ce qui est des meubles. Je l'ai déjà dit tout à l'heure mais pendant que vous parliez, j'ai compris le sens de mes paroles non seulement avec mon esprit mais aussi avec mon cœur, mieux que jamais encore : rien ne se trouve plus en sécurité dans ce monde. Cette grande lumière ne vous gêne pas ?... Pardon... Voilà. Je vous en prie, ne vous méprenez pas, mon intention n'est pas de vous distraire avec des lumières d'ambiance tamisées. Simplement vous serez peut-être plus confortablement installée avec la lumière plus douce de la lampe de table que celle, aveuglante, du lustre... Restons donc ainsi. Merci. Maintenant écoutez-moi, chère parente et visiteuse de la nuit, Unique Vague... »

À présent, après avoir prononcé le nom de la femme, il se tait et la pièce s'emplit d'un silence épais. Le nom flotte entre eux, telle une apparition légère, une sorte de matérialisation. L'immobilité de la femme fait penser à l'attente muette de plantes assoiffées qui, au moment où le vent tombe, s'abandonnent à leur sort et au soleil. En prononçant le nom de la femme, il a tendu le bras vers elle, d'un geste involontaire, comme pour toucher quelque chose qui se serait incarné dans l'espace, le temps et la pénombre.

« Unique Vague, répète-t-il, en murmurant plutôt, distraitement. Je voulais vous demander quelque chose.

– Je vous en prie, répond-elle à voix tout aussi basse.

– Cette nuit n'est peut-être pas aussi tranquille que les autres », commence-t-il en regardant devant lui. On dirait qu'il examine le brouillard. Ses lèvres remuent sans bruit. Puis il revient à lui, fixe la femme dans les yeux et, sans transition aucune, lui demande : « Comment vous sentez-vous chez moi ?... Je veux dire, dans cette pièce et ce fauteuil ?

– Comment ? » Elle étire le mot, étonnée. « Mais enfin, vous le voyez... je me sens parfaitement bien. La pièce est calme, le fauteuil confortable et le maître de maison attentif, comme...

– Comme les Hongrois en général, la coupe-t-il en faisant un signe de dénégation. Pardonnez-moi mais je ne vous ai pas demandé cela pour quêter des compliments sur ma nation. Ce que je voulais savoir, c'est si cette pièce ne vous paraissait pas familière. Et cette situation Le fait que vous soyez ici avec moi... Vous ne comprenez pas ? J'entends "familière" au sens littéral du terme, non pas ressemblante comme lorsqu'on imagine, dans une sorte de mirage fugace, de délire fugitif, avoir déjà vécu avec quelqu'un une certaine situation dans un certain lieu, quelqu'un avec qui on est lié… oui… et l'on sait ce qui va se produire dans la seconde qui suit comme si on se souvenait dans le présent de quelque chose qui a existé d'une façon singulière sans toutefois exister réellement… C'est un phénomène connu. Ce n'est pas à cela que je pense à présent. Non. Pardonnez-moi, je pense à la réalité, la réalité charnelle, à des bras et des jambes réels, comme les vôtres… Je vous en prie, laissons tomber les marques de bienséance. Cette situation ne vous est-elle pas familière ? Je veux dire, cette situation réelle, chez moi ? Vous, assise ici, en face de mes livres, vous dans la lumière diffuse de la lampe, dans ce fauteuil, vous qui penchez la tête en arrière sur le dossier du fauteuil, et peut-être un souvenir du parfum de vos cheveux y restera-t-il accroché…

– Je ne comprends pas, dit lentement la femme.

– Vous ne comprenez pas ? Ou vous ne vous souvenez pas ?

– Me souvenir ? Mais de quoi ? » Elle a du mal à articuler comme si elle luttait contre le sommeil et parlait dans une semi-torpeur. Elle est très pâle à présent.

« Vous ne vous souvenez pas d'être déjà venue dans cette pièce ?

– Moi ? » s'étonne-t-elle. Elle ferme les paupières un instant et, d'un léger geste de déni, lève la main vers son cœur. « Non », répond-elle ensuite, la voix rauque, très lointaine, et elle ferme les yeux à nouveau.

Alors ils ne disent plus rien un certain temps.

On dirait que pendant ce moment-là, la pièce disparaît autour d'eux. On dirait qu'ils font silence dans les profondeurs d'une forêt ou d'un océan. Comme si la pénombre glauque dans laquelle ils se trouvent figurait l'un des anciens territoires familiers, eau ou mémoire, de la vie... et que des souvenirs plus anciens encore qu'eux-mêmes fendaient sans bruit de leurs lourdes nageoires huilées cette pénombre verte. Car en effet n'ont-ils pas vécu ensemble, tous les deux, dans ce hasard effrayant et implacable que l'on appelle la vie, où s'entremêlent les phénomènes et les événements ? La pièce est aussi grande et profonde à présent que le passé.

Dans ce passé au déferlement puissant qui pulvérise le barrage du présent, une femme aux yeux clos et un homme suffoquent. Quelque part au-dessus de leurs têtes, au-delà des plafonds et des murs, rugit la grande houle noire de la vie, de la loi qui règne à la surface. Mais ces deux-là, des courants les projettent l'un vers l'autre, des flux silencieux et sombres comme le sont tous les événements essentiels, tels le baiser, la faim ou la mort. Tout cela se trouve sous la surface, le reste n'est que le fracas de la houle.

Le buste de l'homme s'incline légèrement comme s'il se lâchait. Tel un nageur qui, à la dernière seconde, se laisse aller avant de plonger dans l'eau, cet élément familier aux vagues fraîches et aux caresses tièdes, où l'on reconnaît le souvenir d'une sensation vieille de milliers d'années, où l'on trouve des requins, des profondeurs de plomb, un anéantissement bienheureux et la mort. Le pêcheur de perles se penche ainsi au-dessus de la mer, avec ce même mouvement en avant, à l'instant où la force d'attraction terrestre diminue pour lui et où il se jette à l'eau... dans l'eau où, parmi les requins, les gouffres marins, les carex et les algues, entre toutes les excroissances molles des sables vert foncé, ses chances de trouver des coquillages sont minimes. Pêcheur de perles ?... Hier, il est entré par hasard dans un café où, sur l'estrade, une chanteuse pathétique accompagnée par le sirop sentimental de l'orchestre beuglait dans le haut-parleur la plainte douceâtre et écœurante du pêcheur de perles. L'instant présent va vite disparaître et alors commencera la conversation, puis l'adieu et ensuite, au matin, la vie, la vie avec les vivants qui s'acheminent vers la mort et avec les morts qui se penchent par-dessus l'épaule des vivants. Mais cet instant-ci m'appartient encore, songe-t-il, et il n'arrive qu'une fois. Je ne suis ni jeune ni vieux, il n'y a ni passé ni obligation, rien de familier ni d'étranger : seul existe l'instant.

Il se penche vers la femme, d'un mouvement facile et naturel, et l'embrasse.

L'instant est passé, ils se regardent, les yeux grand ouverts. L'homme est toujours adossé à la bibliothèque, bras croisés, immobile ; il fixe l'espace devant lui avec gravité. La femme a incliné la tête sur l'arrière du fauteuil, ses mains blanches reposent comme des objets sur les accoudoirs, paumes tournées vers le haut, dans l'attitude de celle qui quémande ou au contraire offre quelque chose d'un geste sacrificiel. Et parce qu'ils se taisent leur silence enfouit le souvenir du baiser plus profondément dans le temps. Ce baiser a eu lieu et il pourrait être l'un de ceux que, pris dans la magie du moment, des milliards de femmes et d'hommes ont déjà échangé : un baiser parce que au fondement de la vie des hommes est le baiser, un baiser parce que c'est le seul moyen que le corps a d'exprimer ce qu'il cherche toute sa vie, un baiser parce que entre un homme et une femme toute parole est superflue. Il a eu lieu parce que le moment était venu, ce moment inéluctable où rien de ce qui s'est passé et pourrait se passer sans lui n'a de sens ; ce geste faible et assoiffé, cette rencontre monstrueuse et magnifique entre deux épidermes altérés, au-delà des habitudes, des penchants et des rites, cette morsure domptée, ce geste carnassier domestiqué que l'être a préservé dans ses nerfs et sur ses lèvres, souvenir de quelque chose qui, à l'aube des temps et de la vie, était effrayant, sanglant et mortel… Ils se sont embrassés parce qu'ils ne pouvaient pas faire autrement. Ils ne disent plus rien à présent.

Ils se taisent, sans affectation, comme s'ils craignaient d'attribuer par leur silence un faux sens à leur baiser, un sens différent, plus retors ou plus mensonger que celui qu'ils ressentent en cet instant où le courant de ce baiser commence à se répandre dans leur corps et leurs nerfs. Quel genre de baiser était-ce ? se demande l'homme. Il en est qui lient, d'autres qui expliquent, éclairent, séparent tout de suite. Dans la seconde qui suit le premier baiser, ceux qui l'ont commis – commis ?… Non, un véritable baiser se produit, un point c'est tout – savent si le contact les a liés ou séparés. Les baisers légers flottent dans le capharnaüm de la mémoire tels les rubans multicolores d'une soirée de bal… celui-ci en faisait partie, de ces baisers légers que l'instant sème parfois sur nous comme une main divine éparpille à l'aube des confettis sur les valseurs. La réponse à sa question, il ne la connaît pas, alors il continue à se taire.

Il se dit qu'il connaissait ce baiser. Il en ressent soudain un singulier apaisement. Il est des moments où la vie vient entièrement à maturité et tout devient aussi dense et simple qu'à l'instant de la mort. Voilà comment il se sent au moment où il entend sa propre voix parler doucement.

« Peut-être cette nuit-là est-elle tout de même arrivée, murmure-t-il. Celle dont tu as dit, Unique Vague, qu'on ne pouvait l'imaginer si on ne l'avait vécue. Une nuit comme il n'en existe qu'une dans la vie, où l'on sent que des forces épouvantables s'ébranlent et se liguent contre l'homme, que les corps célestes l'attaquent, lui et la vie aussi... Et toi, tu as vécu une telle nuit dans la maison où ton père était mort, où avaient vécu et où étaient morts tes aïeux. Je crois que c'est vrai, de telles nuits existent... Après toi, c'est mon tour, cette nuit est la mienne, aujourd'hui où tu es revenue chez moi et où je t'ai embrassée comme un homme embrasse quelqu'un à qui il dit à la fois bonjour et adieu. Tu es venue de loin et tu as toujours été très près de moi. Tu le savais ?

– De quoi parles-tu ? demande la femme, les yeux fermés. On est toujours en route vers l'autre, vers celui qui nous embrassera un jour.

– Est-ce tout ce que tu ressens ? dit-il plus vivement. Vraiment ?... Quand tu as franchi mon seuil, j'ai eu envie de rire. J'ai eu l'impression que des forces démoniaques nous jouaient un méchant tour, à toi et à moi. Tu dois savoir que tu es déjà venue chez moi.

– Tu rêves, répond la femme. Je viens du Nord et jamais je ne suis venue chez toi.

– Du Nord ou de bien plus loin encore, dit-il avec sérieux. Mais si je rêve, mon rêve est de ceux qui façonnent la vie et la réalité. Des rêves comme celui-ci existent, d'une force terrifiante. Nos ancêtres, proches de Dieu, au centre du monde, faisaient ces rêves avec une force si gigantesque qu'ils ont donné naissance à la réalité, aux racines, aux villes et à la condition humaine. Je ne comprends pas pourquoi c'est justement moi qui fais ce rêve, moi qui ne suis rien ni personne, et certainement pas un père fondateur. Je suis un homme qui possède un destin et, à l'intérieur de celui-ci, une fonction, et qui réunit en lui les capacités et les conditions, banales et nécessaires, pour vivre et produire des rêves. Mais c'est ainsi que cela doit être : pour créer du merveilleux, la vie brasse des matériaux tout à fait ordinaires, d'ailleurs un corps humain n'est-il pas fabriqué à partir d'un matériau ordinaire également ?... Et ensuite cet homme, cet assemblage devient extraordinaire ! Cette nuit, toi et moi ne sommes que des pièces détachées d'un jeu ou d'une création dont nous ne comprendrons peut-être jamais le sens. Deux pièces détachées, saisies d'étonnement cette nuit... Qu'il nous soit permis, Unique Vague, de nous étonner comme il se doit, de nous montrer dignes d'avoir été choisis par la vie pour quelque chose de prodigieux ; en conséquence, nous ne devons pas faire de sentiment, mais pas non plus nous moquer du merveilleux.

– Mais quel merveilleux ? demande-t-elle calmement.

– Le merveilleux ? » Il réfléchit. « C'est que, à travers les ténèbres et le monde en flammes, tu aies trouvé le chemin pour revenir une fois encore à moi.

– Je suis venue, oui, assurément. Et cela n'a pas été facile, il m'a fallu passeport, visa, chemin de fer pour arriver jusqu'ici et aujourd'hui tout cela est une entreprise hasardeuse et compliquée… Mais je ne suis pas revenue du monde d'en bas et je ne suis absolument pas sûre d'avoir voulu venir chez toi. Non, mon cher, cher étranger ou cher ami, je ne sais pas encore, il n'y a là-dedans rien d'extraordinaire. Cela le deviendra peut-être une fois, si…

– Écoute-moi à présent, dit l'homme avec passion. Écoute-moi donc maintenant que cette nuit existe. Voilà ce qui se passe : c'est comme si, à l'encontre de notre volonté, ton corps et le mien s'étaient donné rendez-vous dans le chaos de l'existence mais que ni toi ni moi, qui sommes dépendants de notre corps et de notre âme, ne nous étions mis d'accord au préalable sur ce rendez-vous. Tu comprends ? Il faut que tu comprennes car telle est la signification de cette nuit, et peut-être même sera-ce la vraie signification de toute notre vie, si un jour nous la comprenons… Ne crois pas qu'une passion occasionnelle, une excitation imbécile se soient emparées de mon esprit. Je parle de la réalité. De la réalité que signifient ton corps et ton visage et ce que tu es en même temps que ce que tu n'es pas entièrement et complètement. Qui es-tu en fait ? Peut-être es-tu l'autre aussi, celle qui portait cette réalité comme une robe enchantée et qui m'a demandé un soir dans cette chambre : "*Tell me, my Heart, is this be Love ?...*" Tu connais ce poème ?

– Non, répond-elle d'une voix hostile. Continue.

– Ce n'est pas important. C'est un Anglais qui l'a écrit, un lord qui écrivait des vers... Et puis, un jour, tu as dit : "Et vous, vous aimez la modestie ?" Tout cela, c'était toi, mais seulement comme tes ongles ou tes cheveux quand tu les coupes et qu'ils repoussent : tu es tes ongles et tes cheveux et pourtant tu n'es pas tout à fait cela... Il semblerait que nous, êtres humains, puissions exister de multiples façons. Mais nous nous contentons de regarder tout cela et de le vivre. Je n'avais rien compris moi-même jusqu'à aujourd'hui, jusqu'au moment où tu es entrée dans mon bureau et où tu as réveillé quelque chose qui jusque-là vivait en moi, invraisemblablement enfoui, tel un ancien incendie dans une mine dont seuls les vieux auraient gardé le souvenir à la surface.

– Tu veux dire, demande la femme, curieuse, que je ne suis pas entièrement moi ? Quelle drôle d'idée, mon ami !...

– Une méchante idée, répond-il. Moi aussi, elle m'a choqué. Mais je ne peux rien dire d'autre.

– Et toi ?... D'où viens-tu et qui es-tu, pour toi et pour moi ? Nous nous égarons si nous errons ainsi en nous-mêmes et entre nous. Tu n'as pas peur de cela ?

– Si, j'en ai un peu peur, dit-il avec gravité. Je crois que c'est la seule chose que je craigne dans la vie, rien d'autre. Et il m'a fallu arriver jusqu'à cette nuit pour m'en rendre compte. Maintenant je sais. J'ai appris autre chose au cours des heures qui viennent de passer : rien n'effraie autant les hommes que cette reconnaissance, cet instant où la vie arrache leurs masques, cet instant où ils doivent reconnaître que cette chose fébrilement, jalousement préservée sous ce masque, leur "moi", n'est pas le gage inconditionnel de la personnalité en laquelle une ambition démesurée leur a fait croire. Le "moi" est quelque chose de commun, Aino Laine, quelque chose de répétitif, maintes fois recopié, qui se mélange et se renouvelle à l'infini et qui, dans l'absolu, n'est pas vraiment personnel. Quand je t'ai embrassée tout à l'heure, sache que ce n'est pas uniquement toi, la femme qui est venue vers moi par les labyrinthes du monde, que j'ai embrassée, mais également une autre femme dont tu es une partie et qui, même morte et en cendres, fait partie de ce phénomène que tu appelles "moi".

– Que dis-tu ? fait-elle d'une voix rauque et irritée. Tout cela me trouble. Je suis tout à fait sûre d'être moi et je sais où je commence et où je me termine... Nous ne vivons plus au royaume des contes. Nous sommes sur terre et nous possédons un destin qui nous appartient en propre.

– C'est bien de cela que je doute depuis un moment, répond-il calmement.

– Si tel est le cas, poursuit-elle, ce n'est pas toi qui doutes mais la nuit à travers toi. Il est des nuits où les gens vont au bal masqué… La nuit s'est adressée à toi et tu es gêné pour lui répondre. Réveille-toi, mon ami.

– La nuit a parlé et il faut y répondre. Mais le fantastique dans tout cela, c'est justement le vraisemblable. Fantastique que le miracle soit fait de chair et de sang, que le destin, lorsqu'il apparaît sous des variantes aussi improbables, possède un visa et un passeport… et c'est sans doute plus étonnant encore que si ce destin et ce phénomène surgissaient dans une vapeur sulfureuse, au milieu de roulements de tonnerre et de grondements des cieux. Ce qui est extraordinaire et miraculeux, c'est justement à quel point le prodige est banal et réel. J'avoue que ça, je ne le savais pas jusqu'ici. Comme tant d'autres choses… Tu vois, Unique Vague, les livres qui sont rangés sur les étagères n'en parlent pas. Et moi j'ai lu ces livres et j'ai vécu en croyant que le verbe et la vie m'avaient enseigné la connaissance des mystères terrestres et célestes, en tout cas la connaissance qu'en détient un homme de mon âge et de ma condition. Car vois-tu, Aino Laine, le merveilleux, c'est aussi que ce miracle m'arrive à moi qui ne suis pas un élu, qui ne fais pas partie de ceux qui, à travers leurs œuvres et leurs actions, s'adressent directement aux puissances divines et démoniaques. Je suis un homme dont le numéro de téléphone figure dans l'annuaire et que l'on dit capable de rédiger des documents officiels avec précision et correction... voilà tout. Ce en quoi j'ai cru, un peu – car nous, les hommes gris, ne pouvons pas vivre sans éprouver le besoin d'ajouter un certain pathos dans notre existence –, c'est que je savais observer la réalité d'une manière aiguë et impartiale et que, à partir de mon observation des éléments, je savais tirer les conséquences de l'intention qui sous-tend les phénomènes... tel a été mon rôle, sinon mon devoir dans le monde. Mais à présent je n'y crois pas non plus absolument. J'avoue, ma chère, que le monde s'est embrouillé devant mes yeux... il n'y a pas longtemps, il y a quelques heures à peine. À l'instant où tu es entrée dans la pièce.

– Je ne comprends pas », dit la femme d'un ton las. On sent moins dans sa voix l'angoisse, la tension, la réprobation avec lesquelles elle répondait jusque-là aux paroles de l'homme. « Il n'y a rien de vraiment extraordinaire dans tout cela. Je suis venue te voir parce qu'on m'avait assuré que tu pourrais peut-être m'aider à résoudre mes problèmes. Et maintenant tu m'as embrassée. Je n'avais rien imaginé de tel mais à présent que c'est arrivé, j'avoue que je n'en suis ni fâchée ni déçue. C'est tout ce que je peux dire et ce n'est pas encore une déclaration d'amour. Voilà.

– C'est tout ce que l'on peut dire, reprend l'homme en écho. Et quelque chose de plus. Tu n'es pas venue de ton propre gré chez moi, chère Unique ou chère Vague, excuse-moi, je ne sais pas encore comment t'appeler.

– Peu importe comment tu m'appelles, dit-elle un peu troublée. Adresse-toi à moi en personne, c'est ce qui m'importe. Le reste, ce ne sont que des mots et des idées. »

Il rit.

« Tu es une femme, ma chère. Seule une femme dit les choses de cette façon. Ne sais-tu pas que jadis le mot et l'idée équivalaient à l'action et à la réalité ? L'homme s'est adressé aux phénomènes du monde à l'aide de mots et de concepts, et le monde s'est transformé en action et en réalité. À l'aube des temps, alors qu'il donnait une forme au monde, le verbe avait un pouvoir terrible. Et il a préservé ce pouvoir de notre temps et, même déformé, il garde une force implacable. Quelques mots résonnent et le monde change… par exemple cette pièce ne se trouve plus en sécurité à sa place. Cela peut se produire plus vite que tu le crois. »

Il éclate d'un rire triste. La femme le regarde avec attention.

« De quoi parles-tu ? demande-t-elle d'un ton retenu, assourdi.

– De quoi ? » Il lève la tête et contemple le plafond. « Des mots et des concepts, naturellement, et de tout ce qui en découle si on relie les mots comme il faut et si, à l'aide de ces mots, on "habille" et on exprime les concepts, avec toutes leurs conséquences... Toutefois, en cette nuit unique mais brève, nous ne sommes peut-être pas obligés d'expliciter la signification des mots et des concepts... Tu dis que peu importe comment je m'adresse à toi. Or, tu vois, ton nom n'est en rien un hasard, même si, en finnois, il sonne comme Zsuzsika Kovács. Il n'est pas un hasard parce qu'il contient deux concepts qui sont d'un grand intérêt et d'un grand prix pour les humains : l'*unique*, qui est pathos et obsession – et quel pathos, quelle obsession, si importante pour les hommes et les femmes qui, de toute éternité, cheminent les uns vers les autres pour trouver l'unique ! –, et la *vague*, ce concept très ancien, antérieur à la terre et à l'humain, la vague dont le va-et-vient immuable emporte toute chose dans l'infini, dirige hasards et événements les uns vers les autres et relie l'unique et le contingent. Tu as un très beau nom, Aino Laine. Ce n'est pas par hasard qu'il est le tien.

– Enfin quelque chose, dit la femme avec un sourire peu assuré, dont tu reconnais sans ambages que c'est à moi.

– À toi parce que c'est toi que ce nom désigne dans le monde. Mais toi-même... Non, tu as raison, chère visiteuse et parente, ne nous égarons pas. Restons-en aux données officielles, veux-tu ? Donc tu es venue du Nord chez nous dans le Sud comme ça, avec un visa et un passeport. Ce n'était qu'un hasard, une idée et sa réalisation : c'est ce que tu crois ?

– Un hasard ? fait-elle d'un ton retenu. Si tant est que le hasard existe, sans intention et sans un être qui cherche sa place dans le monde.

– Et toi, demande poliment l'homme, tu cherches ta place dans le monde parce que la maison où tu es née et où tu te sentais chez toi s'est effondrée dans ce tremblement de terre généré par des machines et des hommes ? Qu'espères-tu, Unique Vague ? Où est ton rivage ?...

– Je ne peux pas le savoir, répond-elle sérieusement. Peut-être dans cette pièce. » Puis, voyant qu'il ne dit rien, elle ajoute, sur un ton de consolation : « Ne crains rien. J'ai précisé dix minutes, peut-être quinze, n'est-ce pas ? Je sais que l'hospitalité a ses limites, y compris dans un pays ami. Et les dix minutes sont écoulées. »

Elle se redresse et, d'un geste hésitant, tend la main vers son réticule noir piqué de perles. L'homme esquisse un rapide mouvement de protestation.

« Reste, dit-il d'une voix rauque et forte. À quoi penses-tu ? Nous ne parlons pas de minutes maintenant mais de quelque chose d'essentiel qui ne reviendra jamais plus. Reste, te dis-je. Ainsi, tu es venue du Nord vers moi avec une intention ? C'est moi que tu as cherché dans le monde ?

– C'est exagéré, répond-elle. Je sens de l'inquiétude dans ta voix. Nous aussi, gens du Nord, sommes inquiets, toujours prêts à prendre la route... mais nous veillons à ce que l'on ne sente pas cette inquiétude dans notre voix, nos manières. J'espère y arriver !..., poursuit-elle, d'une voix d'enfant maligne.

– Parfaitement, reconnaît l'homme. Je t'ai observée toute la soirée. Comment tu te contrôles... aucun geste superflu, aucun mouvement précipité ! Nous pouvons, nous, tes parents du Sud, prendre des leçons de toi qui viens du Nord.

– Merci. » Puis elle se tait. Elle lève une main en l'air, l'examine attentivement comme un objet blanc ou une fleur. « Je ne viens pas directement du Nord, reprend-elle presque incidemment, distraitement.

– Non ? fait-il, surpris. Oui, c'est vrai, tu as dit qu'après la nuit où les araignées avaient commencé à courir dans la salle de bains et où la conduite de l'homme qui briguait la place de ton père dans le monde trahissait son anxiété... après cette nuit-là, tu étais partie à Paris. C'est de là que tu viens ? Comment est Paris actuellement ?...

– Je ne sais pas. J'ai quitté Paris il y a longtemps. Mes pas m'ont portée ailleurs, plus loin... » Et, du même geste hésitant et désorienté, elle montre l'espace, sans point précis. « Tu sais, quand tu n'as plus de patrie, le monde devient tellement petit... Tu peux partir comme les oiseaux, comme les… les oiseaux qu'on a vus hier midi, les mouettes. À la seule différence que nous, les humains, ne pouvons voyager avec aussi peu de bagages, dit-elle, sérieuse à présent. Nous avons besoin d'une brosse à dents, d'une robe de soirée et nous emportons nos souvenirs aussi. C'est pourquoi nous ne parvenons pas à voler avec autant de facilité. Les souvenirs parfois nous pèsent. Dommage.

– Bien dommage, admet poliment l'homme. Oui, moi aussi je pourrais raconter des choses sur les souvenirs.

– Tu m'en parleras, un jour, répond-elle en éludant. Tu me demandes comment était Paris la dernière fois que j'y étais ?… J'y pensais ce soir. Parce que justement, la dernière fois que j'ai vu Paris, je l'ai perçu comme j'ai vu ta ville ce soir. J'étais à l'opéra, le corps de ballet se produisait », se rappelle-t-elle. Puis elle arrête de parler.

« Oui, dit-il avec un sourire indulgent. Il existait dans le monde des choses aussi belles que dans une vitrine, par exemple un soir à l'Opéra de Paris où se produit le corps de ballet. Avec des millionnaires boliviens dans la salle et, parmi eux, des vieux petits Français aux cheveux blancs et au smoking mal coupé exhibant la petite goutte de sang de la Légion d'honneur à la boutonnière, aux fortunes colossales à l'abri dans des coffres-forts, l'égoïsme au cœur et l'âme pleine de l'intelligence et des *Pensées* de Pascal… Et ensuite, après le spectacle, la rangée de voitures qui s'ébranle tout au long de l'avenue, de la rue de Rivoli, des Champs-Élysées, en direction des restaurants où se rejoignent tous ceux qui appartiennent à l'autre monde, le côté du monde qui se chauffe au soleil. Je restais longtemps à les regarder. Et parfois je pensais que nous, enfants des petits peuples, n'étions toujours que des invités pauvres et éternellement tolérés dans ce flot étincelant où le Gulf Stream de la richesse et du pouvoir réchauffe les rivages des contrées où vivent ces peuples fortunés… N'y pensais-tu pas, toi, par hasard, le dernier soir à Paris ?

– Peut-être. J'ai pensé à beaucoup de choses ce dernier soir. Il faut que tu comprennes que ce soir-là à Paris ressemblait à la soirée d'aujourd'hui. Oui, il semblerait que les phénomènes ne soient pas aussi isolés que nous le croyons… Si on y réfléchit, quand tu dis que je ne suis pas moi, entièrement et sans condition, peut-être as-tu raison. Car toute la soirée j'ai senti comme une répétition et je ne pouvais m'empêcher de penser à Paris. C'était une belle soirée à l'opéra… j'occupais aussi une loge alors et tous ceux qui voulaient se montrer étaient présents. Non, le Président n'y était pas… il avait peut-être autre chose à faire, le pauvre. Parce que la dernière nuit où j'ai été à l'Opéra à Paris n'a pas été une nuit banale… je vais te raconter, pour que tu saches.

– Si tu veux, dit-il, attentif. Raconte. Tu as certainement une raison de vouloir le faire.

– Une raison ?… » Sa bouche esquisse une moue et elle étire son corps souple dans le fauteuil. « Une raison, dis-tu… quel terme bien masculin. On dit ou on fait parfois des choses sans raison, uniquement parce qu'on peut, parce qu'on a le moyen de le dire ou de le faire. Tu ne connais pas cette nécessité ?

– Non. J'ai appris qu'il est plus convenable de ne parler ou agir que si l'on a une raison. Mais les livres disent tout cela. » Il montre les étagères ployant sous leur poids coloré d'un geste désinvolte. « Nous en étions à Paris, poursuit-il d'un ton encourageant, amical.

– Tu as évoqué les automobilistes », reprend-elle lentement, avec aisance. Elle choisit soigneusement ses mots comme le font les étrangers qui cueillent leur vocabulaire le plus décoratif dans l'assortiment de leur mémoire. « En effet, après le spectacle la rangée de voitures s'est élancée. La nuit était chaude. As-tu vu Paris en guerre ?… Non ? Dommage. La ville était si grande, si incertaine, tremblante… Comme un grand corps qui comprend la fatalité et que cela rend triste parce qu'il sait que tout ce que clament les journaux et les politiciens n'a plus grande valeur. Ce corps comprend brusquement qu'il se produit quelque chose que la simple force humaine ne peut changer. Les innombrables discours au Parlement, dans la presse, les tavernes et les cafés, tous les discours de ces cent dernières années, toutes les souffrances, les idées et les emportements magnifiques, tout cela s'épaissit et s'agglutine dans un même destin. Et au cours de la nuit, en ce début d'été, des frissons s'emparent de ce grand corps, de ce corps immense et harmonieux. Les gens en voiture se dirigent vers le Bois, les lumières bleues brillent au coin des rues dans une atmosphère de conte, si bien que, au clair de lune, ce Paris obscur est comme un monstre fantastique dans une légende, il est réduit à une forme, il n'a plus de poids. Peut-être Paris n'a-t-il jamais été aussi beau qu'en cette nuit, dans les ténèbres. On sentait tout ce qui s'était passé entre ces murs, on percevait ce que des gens avaient pensé naguère dans ces maisons, on entendait battre le cœur de la ville somnambule… et, au cours de cette nuit, j'ai deviné que malgré tout son égoïsme, cette ville était grande, son cœur était grand. Mais qu'elle ne pouvait plus rien faire. Personne ne savait rien de sûr. Durant la nuit, les restaurants se sont remplis d'élégants officiers, anglais et français, d'hommes en habit et de dames enveloppées de soieries et de fourrures, parsemées de pierres précieuses et de parfums, un univers de riches dans son excès légendaire – au Fouquet's, les serveurs chancelaient sous le poids des plats en argent et, à La Tour d'Argent, les sommeliers à tablier bleu essuyaient les bouteilles de bordeaux de soixante ans d'âge. Mais tout cela ressemblait à la voix de quelqu'un qui parle dans le noir parce qu'il a peur. Et les lumières bleues aux coins des rues vacillaient comme des feux follets sur les sentiers des cimetières par une nuit fantomatique. Paris avait peur… Quand nous sommes sortis de l'opéra et que nous avons roulé à travers la ville obscure, je me suis mise à grelotter dans l'air chaud et noir parce que la peur s'exhalait de l'ombre de la nuit. La ville était saisie d'une peur triste et pénétrante, telle une personne qui aurait réfléchi à tout cela et qui comprendrait soudain qu'il y a quelque chose de plus fort que l'égoïsme, le mensonge, l'argent, l'avarice, plus fort que la générosité et la passion. Nous étions à bord d'une grande voiture qui traversait sans bruit la ville sombre et muette d'effroi, l'automobile portait une plaque diplomatique et les policiers l'ont laissée sortir de Paris sans broncher… nous allions plus loin cette nuit-là, vois-tu. Nous avons quitté Paris et traversé Versailles en direction de Saint-Cloud. Nous sommes passés par la forêt. C'était une nuit singulière. Aussi parfumée et chaude que si, dans son sommeil, la terre avait ouvert grand ses bras à l'été ; tel était mon sentiment. Pardonne-moi, je n'aurais peut-être pas dû dire cela… mais pour être sincère, ce ne sont pas mes mots, quelqu'un d'autre les a prononcés, celui qui m'accompagnait et qui était assis à côté de moi dans la voiture, un homme qui n'était plus tout jeune et qui aimait tout ce qui est beau : la nuit, la forêt, Paris, les mots joliment agencés... C'est lui qui a dit cela quand nous avons atteint la forêt, la voiture a ralenti, le conducteur a allumé les grands phares qui ont fouillé parmi les arbres pour trouver la route et, pendant un instant, le corps blanc des arbres s'est agité dans la lumière spectrale comme si cette lumière, en les effleurant, avait alarmé des êtres vivants et leur avait imprimé un léger mouvement. Nous avons voyagé ainsi toute la nuit. Pourquoi me regardes-tu de cette façon ?... Tu voudrais savoir quelque chose ? Mais pourquoi donc, mon ami ?... Il y a des nuits où rien ne compte de ce qui s'est produit auparavant... c'est ce que tu as pensé aussi un peu plus tôt quand tu m'as embrassée, non ? Sinon ton baiser n'était pas très poli, je dois dire. Il y a des nuits où les belles paroles ne sonnent pas faux... on dirait que ce n'est pas nous, les acteurs de la nuit, qui parlons mais la nuit elle-même. C'est ainsi que, au moment où nous sommes arrivés dans la forêt avec la grande voiture silencieuse, une voix s'est élevée à côté de moi et cette voix a dit : “On dirait que, dans son sommeil, la terre...”, mais je ne vais pas répéter. Tu vois, pour des mots comme ceux-là, il faut un instant unique qui ne se reproduira jamais plus ! Nous avons dépassé Versailles, le parc était éclairé par la lune, nous sommes passés à toute vitesse à côté des lances à pointe dorée des grilles et soudain, je n'ai plus su où je me trouvais. Notre voiture était décapotée et j'ai levé les yeux vers le ciel où les rayons d'argent violet des phares oscillaient au milieu des étoiles : on aurait dit des bras agités par des spectres qui tâtaient le ciel sombre. Le silence était profond, la France entière dormait… seuls les soldats et les amoureux veillaient. Personne ne savait rien. Mais l'homme assis à mes côtés était l'un de ceux, très peu nombreux, qui savaient quelque chose cette nuit-là… qui savaient que ce serait sans doute la dernière nuit paisible à Paris. La grande ville et le beau, le considérable pays dormaient, insouciants, parce que leur presse et leurs politiciens leur avaient expliqué depuis des mois déjà, d'une voix éraillée par la peur, que les Boches étaient impuissants, que la ligne Maginot était imprenable, que la France était invincible et, plus important encore, qu'il fallait envoyer des jeux de cartes et des puzzles aux pauvres soldats pour tromper leur ennui sur le front muet… Les Français dormaient mais leurs rêves étaient inquiets car au fond de leur cœur les gens savent la vérité, même si elle ne s'exprime ni en données ni en mots. Les gens savaient que leur destin était en train de tourner, que quelque chose s'était enclenché, que des forces s'étaient mises en mouvement et commençaient à agir dans le monde… et les amoureux se serraient plus fort l'un contre l'autre cette nuit-là. Quant à l'homme assis à côté de moi dans la nuit chaude, dans les profondeurs de la grande automobile, il appartenait au petit nombre de gens informés que deux jours plus tard, l'armée allemande allait se mettre en route vers la Belgique et la Hollande. »

Elle sort son briquet en or de son réticule noir en perles puis, d'un petit étui carré en or, une cigarette anglaise qu'elle allume. L'odeur douceâtre du tabac emplit la pièce plongée dans une lumière tamisée.

L'homme l'observe avec attention. Comme si la femme se transformait devant ses yeux, à chaque mot qu'elle prononce, à chaque geste… Elle devient familière, douloureusement, terriblement familière, et pourtant, on dirait qu'elle ne cesse de mettre et d'ôter un déguisement et un masque, qu'elle change de déguisement à chaque instant.

« Intéressant, dit-il d'une voix basse et rauque. Ce doit être une situation très intéressante… de se retrouver avec quelqu'un qui sait ce que les autres ne savent pas encore cette nuit-là, que personne dans le pays entier ne sait. Mais il te l'a dit, à toi, n'est-ce pas, Unique Vague ?…

– Oui, plus tard, répond la femme qui contemple la fumée au parfum doux et écœurant de sous ses paupières à moitié closes. Vers le matin. La situation était intéressante. Parce que la voiture s'est arrêtée au milieu de la forêt de Saint-Cloud devant un château et, à partir de ce moment-là, tout s'est déroulé de façon magique comme dans les contes. Veux-tu que je te raconte ? Cela t'intéresse ?…

– Beaucoup, répond-il poliment, et, sans le vouloir, il avale sa salive. Tout ce qui a trait à toi et à ce qui t'est arrivé m'intéresse.

– Oh, tout, dit-elle négligemment en faisant un geste de dénégation, cigarette à la main. Le "tout" n'est jamais très passionnant… seul l'instant l'est. En fin de compte, le tout se résume à des données de livret de famille : naissance, vie, mort. Mais le détail et l'instant sont parfois captivants. Comme ce moment-là où personne à Paris et en France ne savait rien et où, en Europe, les gens dormaient sinon tranquillement, du moins profondément. Tu sais, on peut continuer à dormir alors que le destin se trouve déjà devant notre porte… ça aussi, c'est extraordinaire. En effet, vivre, c'est parfois autre chose et davantage qu'exister. Quelquefois la vie est une action… on émerge de la frénésie haletante de l'existence et on se rend soudain compte que l'on n'est qu'un pauvre acteur sans préparation qui se retrouve au centre d'une forme d'action… Voilà ce que j'ai ressenti cette nuit-là. La grande voiture s'est arrêtée devant un château au milieu de la forêt obscure, loin de Paris et de Versailles. Je suis sortie du véhicule et j'avais encore dans les oreilles la puissante musique, les voix des cors et des violons qui avaient empli la salle de l'opéra et le cœur des spectateurs, comme si cette musique immense clamait au monde l'éternelle tragédie de l'espèce humaine et que c'était là le summum de ce que l'on est capable de dire et de ressentir. Et puis il y avait cette nuit-là, cette nuit de mai dans la fraîcheur de la forêt, les rayons violets des projecteurs contre le ciel sombre, et cet homme à mes côtés, silencieux et fort, si proche de la mort dans sa vieillesse, qui vivait sans doute plus intensément au cours de ces minutes que tous les jeunes du monde… et qui savait quelque chose. Et moi qui ne savais pas ce qu'il savait mais qui étais curieuse. Car cette connaissance secrète émanait de lui comme une tension, un courant électrique. Les hommes sont des êtres singuliers, cher cousin, laisse-moi un peu rendre la pareille à ton accueil chevaleresque en te priant d'accepter ce compliment… et ce n'est pas quand ils agissent qu'ils sont le plus intéressants ou le plus séduisants. L'action, ce beau fantasme masculin… mais nous les femmes savons qu'il y a autre chose et, quand les hommes mûrissent et s'enrichissent d'expérience et de vie, ils connaissent eux aussi cet autre secret. Je ne sais pas ce que la vie nous réserve, ni qui tu es et ce que tu es pour moi, ni si je te reverrai après cette nuit. Écoute ! Je ne sais pas non plus qui je suis et ce que je suis pour toi et si tu voudras me revoir après cette nuit. Parce que les rapports entre les êtres changent parfois en quelques heures et peut-être t'es-tu aperçu dans le peu de temps que nous avons passé ensemble que je ne suis plus tout à fait le professeur venu du Nord avec une bourse d'études qui hier matin encore se présentait à ton bureau pour te demander un visa et de l'aide, de même qu'en cet instant tu n'es pas non plus le fonctionnaire solennel et surpris qui se renseignait sur le nom de ma mère et ma date de naissance. Nous nous considérons de façon différente à présent que ce changement est intervenu. Ce vieux monsieur dans la forêt française s'est transformé cette nuit-là et je peux t'affirmer qu'il était séduisant et très intéressant… oui, car il possédait un secret et, comme il le préservait encore, cela lui donnait de la force. Parce qu'un secret que nous préservons représente une force. Une seule autre fois dans ma vie j'ai rencontré un homme, plus tout jeune, qui comprenait quelque chose au monde et qui avait un secret qu'il taisait… Je m'exprime correctement en hongrois ?… Prête l'oreille à la façon dont je parle, s'il te plaît, plaide-t-elle sur un ton d'écolière.

– Tu t'exprimes parfaitement, dit-il sans bouger. De façon un peu précautionneuse et appliquée, mais c'est parfait. Continue, je te prie. Donc, celui qui possède un secret possède également de la force… et tu as rencontré un autre homme dans le même cas ?

– Oui, un seul autre, répond-elle doucement, tranquillement. Il n'y a pas longtemps. Mais cette histoire est banale et je ne crois pas qu'elle t'intéresse.

– Peut-être que si, dit-il avec simplicité. Oui, je crois qu'elle m'intéresse, poursuit-il comme s'il en débattait avec lui-même. Tu me raconteras si je te le demande ?

– Peut-être. Ce n'est pas sûr. Cette autre histoire est devenue une affaire privée… il se peut que je te la raconte, si tu le souhaites et que nous en avons le temps.

– Cela me réconforte énormément », fait-il avec sérieux.

Impossible de savoir s'il se moque ; la femme lui lance un regard acerbe à travers la fumée de sa cigarette. Puis elle hausse les épaules.

« Si cela te rassure. » Elle penche la tête sur le côté et le regarde pensivement. « Mais nous parlions d'autre chose. D'une nuit qui n'était pas tout à fait une affaire privée. Je continue ?

– J'attends avec impatience que tu continues », lui répond-il sur un ton sérieux où il est impossible de déterminer la part d'ironie, d'indifférence et d'intérêt. « Nous en étions restés à la nuit dans la forêt, loin de Paris, devant le château, dans l'obscurité, près d'une automobile avec une plaque diplomatique, à côté d'un homme déjà vieux mais fort parce qu'il savait préserver son secret. En tout cas pour un temps, enchaîne-t-il très vite comme pour rectifier. Car il te l'a dit, son secret, le matin venu, ajoute-t-il sur le ton de la conversation.

– Excellente mémoire, mon ami, répond la femme avec retenue et une nuance d'admiration, et tu sais parfaitement résumer des informations.

– C'est mon métier, dit-il, modeste.

– C'est ton métier », reprend-elle, pensive. Elle se tait à présent, on voit à son visage, à ses yeux brillants et observateurs qu'elle examine l'homme, en prend la mesure en s'absorbant dans cet exercice. « En effet. Alors, écoute. Tu sais, le matin était encore loin. Nous sommes entrés dans la demeure… jusque-là, je ne savais pas qu'il existait dans le monde des hôtels semblables. Car c'était un hôtel… mais comme les mots peuvent avoir des sens différents ! Cette demeure était un hôtel comme Napoléon et Blücher étaient généraux… mais Napoléon était Napoléon en plus, tu comprends ? Je ne peux le formuler autrement. C'était un château Empire à soixante-dix kilomètres de Paris au cœur de la forêt. On ne pouvait pas y accéder par le train, seulement en voiture. Quant à ceux qui le connaissaient, ils gardaient l'adresse par-devers eux comme un secret d'État. Par exemple, il n'y avait pas d'Anglais, seulement des Français – tu sais, de ces Français "pas comme les autres", ainsi qu'ils se définissent eux-mêmes, c'est-à-dire que ce n'étaient pas des concierges, des commerçants rapaces, des journalistes tapageurs et des rentiers, des petits-bourgeois en manches de chemise et chapeau melon, mais de ces Français qu'on ne voit pas, qui préservent jalousement, dans leurs appartements et leur mode de vie, une autre façon d'être français, tout comme les prêtres des religions mortes continuent à garder secrets leurs rituels et leurs cultes… Les touristes de chez

Cook et les journalistes étrangers qui passent trois semaines à Paris propagent l'image d'une France où vivent uniquement des rentiers égoïstes, où les commerçants n'ont pas de manières et où les garçons de café sont des rustres car seul les intéresse le pourboire. Comme si Paris n'avait conservé sa véritable nature, éternelle, de Paris que dans les musées et les ateliers des antiquaires… Mais il existait bien des Français quelque part. Étaient-ils des héros ? À leur façon, peut-être… Parce que, dès que nous avons été installés à une table dans le restaurant et que le maître d'hôtel nous a laissés seuls, mon compagnon a dit qu'être un héros, c'était défendre quelque chose de façon désintéressée : un pays, un mode de vie, un culte ou la mémoire. Dans cette salle, où chaque meuble était un chef-d'œuvre, dînaient des gens qui étaient, à leur manière, des héros. Tout était ici comme dans un roman, oui, imagine seulement que l'hôtel avait emprunté son nom à un roman de Balzac, il s'appelait Le Lys dans la Vallée. Tu connais ce roman ?… Il est tellement romanesque, tellement romantique… Et tous ceux qui étaient assis dans le restaurant de cet hôtel préservaient quelque chose. Je ne vais pas t'ennuyer cette nuit avec l'agencement des chambres ni te détailler chaque meuble… car ils étaient tous exceptionnels dans cet établissement, de même que les manières des serveurs et du maître d'hôtel étaient particulières, rares et uniques, à l'instar des plats servis en ce lieu à soixante-dix kilomètres de Paris, en pleine nouvelle guerre mondiale… aussi loin de tout ce qui se produisait sur terre que si mon compagnon et moi avions pénétré dans un cycle de légendes, que si on nous avait lâchés dans une strate plus profonde de l'Histoire à l'aide d'une mystérieuse machine à remonter le temps. Ici, dans cet hôtel, régnait la paix, mais ce n'était pas cette autre paix que le temps avait déjà brisée là-bas dans le monde extérieur, la paix des notaires politicards et des rentiers avares et désorientés. On aurait cru que nous avions plongé très profondément dans le temps… et mon compagnon a dit que ce lieu faisait partie des rares endroits au monde où l'on pouvait encore trouver quelque chose de ce sentiment nommé par Talleyrand la "douceur de vivre" que, selon lui, seuls avaient connu ceux qui avaient vécu avant la Révolution française. Le château datait de l'Empire mais nous avions l'impression cette nuit-là d'avoir fait une incursion dans le temps d'avant la Révolution. Des dames et des messieurs étaient assis aux tables, qui connaissaient mon compagnon et nous regardaient avec curiosité… avec cette forme de reconnaissance au-delà de l'Histoire, des événements et des modes de vie, cette familiarité au-delà des races et du temps avec laquelle se salue depuis toujours une certaine parentèle. Une familiarité qui ne tient pas tant au rang ou à la classe mais qui participe plutôt du souvenir historique d'un mode de vie... La curiosité de ces personnes qui nous observaient était un peu celle qu'avaient dû se manifester les prisonniers des sous-sols de la Conciergerie. Tu sais, ceux qui allaient tous connaître au matin le même sort. C'est ainsi que nous les regardions, lui et moi, et c'est ainsi que les habitués nous regardaient, nous, les étrangers, et mon compagnon plus que moi. Car cet homme était célèbre et ceux qui dînaient dans cette salle magnifique savaient qu'il faisait partie des exceptions, de ceux qui, y compris à présent en temps de guerre, ne connaissent ni frontière ni obstacle et dont la parole, quelle que soit la langue qu'ils utilisent, porte loin... Les convives clignaient des yeux et le contemplaient avec révérence. Et, tout en se comportant, bien sûr, comme s'ils ne le voyaient pas, avec tact et hauteur, au fond de leur cœur, ils auraient donné n'importe quoi pour être assis à ma place, à notre table !... Moi aussi, je sentais qu'une telle nuit ne se reproduirait pas, que jamais plus elle n'aurait sa pareille et que, dans la mystérieuse machinerie du monde, j'étais un minuscule rouage, quelqu'un qui jouait un rôle... et c'était un sentiment merveilleux. De plus, le dîner était extraordinaire, comme si tout ce qui participait de la guerre et de la misère, de la souffrance et du désespoir restait inconnu sur cette île... Le Lys dans la Vallée ne souffrait pas encore de la guerre. Tout ce que la mer et la terre de France et d'Outremer pouvaient offrir de parfums et de saveurs, de plats et de vins, l'établissement le servait encore à ses hôtes. Et les femmes qui dînaient ici en compagnie d'éminents Français m'examinaient avec une curiosité sans retenue, moi, l'étrangère assise à la table de l'homme d'exception, à côté de lui… et bien que le sentiment que j'en éprouvais ne me fût guère habituel, je dois avouer sincèrement que ce n'était pas désagréable. Car les gens installés dans ce château au cœur de la forêt silencieuse autour des tables du dîner appartenaient au cercle des puissants de France, secrets ou officiels, et mon compagnon les connaissait, il me les nommait à voix basse et j'en reconnaissais moi-même certains : le gros homme politique qui, même là, fumait la pipe, le président de l'Assemblée, le propriétaire d'une usine d'armement française réputée dans le monde entier, la fameuse vieille actrice de la Comédie-Française, tous ces riches, ces puissants, ces élus d'une valeur inestimable, illustres ou tristement célèbres, dont on aurait dit qu'ils sortaient du musée de cire de Madame Tussaud, étaient informés de beaucoup de choses mais ne connaissaient pas la vérité. La vérité, seul mon compagnon la connaissait. Il y avait là-dedans quelque chose d'effrayant. » Elle se renverse dans le fauteuil et se cache un instant les yeux avec ses mains blanches. Puis : « Tu connais ce sentiment ? demande-t-elle presque sèchement, malgré elle, dans une sorte d'abandon. Cette forme de pouvoir ? Se retrouver parmi des gens qui se croient puissants et savoir que ces mêmes personnes seront le lendemain ou le surlendemain diminuées, affaiblies, appauvries, comme les plus misérables de ceux qui jusque-là les servaient en guettant leurs ordres avec aveuglement et humilité ?... Tu connais cela ? C'est une sensation singulière. Le pouvoir terrestre s'exerce de maintes façons et la rétention d'une information que l'on connaît et que les autres ne connaissent pas n'est pas la moins enivrante. Il est difficile pour celui qui a une fois goûté à ce pouvoir de s'en passer. Vivre parmi des gens, jouer un rôle sur la scène sociale, bavarder et sourire selon les règles admises et, pendant ce temps, savoir quelque chose de plus qu'eux, de différent et de fatal sur leur sort... c'est excitant. Pas très humain, penses-tu ? Peut-être trop humain au contraire. Je crois que ni l'éclat de la passion, ni la sensation du péril, ni l'hypnose de l'opium ne peuvent se mesurer à la puissance de l'excitation que donne la possession exclusive d'un savoir. C'est une ivresse abstinente des plus singulières... pas très distinguée, n'est-ce pas ? Mais l'ivresse, qui amplifie la sensation de vivre, n'est jamais distinguée, mon ami. Voilà une chose que j'ai apprise : la vie est quelque chose de bourbeux, elle n'est pas propre, elle ne sent pas la rose... dans les grands événements humains, comme d'ailleurs dans la réalité – en général –, il y a toujours une choquante et fascinante vulgarité. Voilà ce que j'ai appris en partant de chez moi parce je n'avais plus de maison, tu sais, cette maison où pendant longtemps tout avait été vraiment propre et qui fleurait la lavande et où, un soir, les araignées s'étaient pourtant mises à courir sur les murs si propres. Cet homme savait ce qu'il savait et il devait sans aucun doute ressentir la situation comme un consommateur habitué à des poisons très puissants savoure l'un d'eux. Installés dans un coin de la belle salle, nous mangions du homard et dégustions un vin hors d'âge, nous bavardions à voix basse, de choses banales... et cet homme savait que tout cela, le château, les convives et le mode de vie qui allait de pair, flottait entre terre et ciel, que c'était là mais en même temps n'y était déjà plus. Il était calme, discret et de bonne humeur. "Quelle nuit magnifique", a-t-il répété plusieurs fois ; le verre de cristal qu'il tenait à la main, empli de vin sombre, étincelait telle une coupe levée en un rite sacrificiel païen... Des tables avoisinantes, des regards circonspects voletaient dans notre direction. Cet homme, et lui seul dans cette salle, savait que toutes ces célébrités, tous ces riches que, jusqu'ici, la vie avait transportés au-dessus des contrées de la réalité sur un fabuleux tapis volant allaient dans quelques semaines passer la nuit quelque part au bord d'une route nationale, dans une meule de foin ou dans une voiture en panne bourrée de matelas, mêlés à des millions de gens poussant une voiture d'enfant ou tirant un chariot où ils auraient chargé leur famille et les restes de leurs biens. Il le savait et souriait, rendait avec un signe de tête courtois les discrètes salutations du politicien illustre ou du grand négociant de réputation internationale, et il pensait : Après-demain. Non, tu as raison, en y réfléchissant, ce sentiment n'est pas vraiment distingué… ne crois-tu pas ?… »

Il écoute attentivement. Il hausse les épaules. Puis il dit, avec politesse : « Moi, je crois qu'il y a maintes façons de se taire tout en sachant quelque chose. Par exemple, à la façon dont tu décris celle de ton compagnon, on penserait que le fait de savoir et de se taire constituait pour lui une sorte de jouissance. Mais on peut aussi ne rien dire en connaissance de cause en ayant le sentiment d'accomplir un devoir… Cette façon-là n'est bien sûr pas aussi excitante ni divertissante. Voilà mon opinion, je te la donne puisque tu m'as posé la question. »

À présent, elle le regarde, les yeux étincelants, avec la condescendance enjouée d'un adulte égayé par la réponse d'un enfant. Assise dans son fauteuil, elle penche légèrement le buste pour le féliciter, comme pour s'incliner devant un cérémonial prétentieux dont elle n'est pas dupe et qui l'amuse énormément. Elle lui répond avec une gaieté contenue qu'elle a cependant du mal à dissimuler : « Oh, cela ne me surprend guère… Tu es tellement sérieux, la discipline et le devoir faits homme. Tu dois être un fonctionnaire exceptionnel. Ce n'est pas toi qui trahirais ton secret, au grand jamais… Je veux dire, marmonne-t-elle comme si elle se parlait à elle-même, même pas plus tard, au matin. »

Il se redresse, il s'étire avec des mouvements d'escrimeur. Il pose sur elle un regard froid :

« Je n'ai rien promis, Unique Vague, dit-il calmement. Ni secret ni surprise. Je regrette de ne pouvoir te distraire comme tu en as l'habitude, là-bas, dans le grand monde. Tu sais, nous autres provinciaux… », ajoute-t-il avec un geste de regret narquois.

Elle rit. Elle ramène ses jambes sous ses genoux, s'installe confortablement dans le fauteuil et, les yeux brillants, elle dit doucement : « Tu es trop poli, c'est-à-dire trop sévère et ironique… Tu n'as aucune raison de l'être. Si cela te rassure, je t'affirme que je m'amuse beaucoup chez toi, cher cousin. Mais, tu vois, tu es encore jeune, même si parfois tu sens que, tôt ou tard, il te faudra faire tes adieux à ce bel état. L'homme dont je te parle avait plus de soixante-dix ans la nuit où, en faisant des yeux le tour de la salle à manger du Lys dans la Vallée, il pensait : Après-demain. Une personne qui a dépassé les soixante-dix ans a une façon différente de se réjouir des paroles et des situations…, me semble-t-il. Ai-je raison ? Réponds-moi.

– Tout de suite, s'empresse-t-il. Je vais te répondre tout de suite. Impossible de faire autrement car tu sais tellement de choses, Aino Laine. Un nombre de choses surprenant quand je pense que tu t'apprêtais à enseigner aux Lapons, là-haut dans le Grand Nord, mais que tu as tout de même choisi la ville... À présent que je t'écoute, je crois parfois que tu sais tout de nous, que nous ayons plus de soixante-dix ans ou que nous en soyons encore loin. Tu sais bien que nous finissons toujours par répondre... quand une femme nous le demande gentiment et au bon moment, nous livrons tous nos secrets, au plus tard quand le jour se lève... Car cet homme aussi, malgré ses soixante-dix ans, a révélé son secret le matin venu. Les meubles de la chambre étaient-ils Empire également dans cet hôtel ?... », demande-t-il en passant, sur un ton aimable.

Elle renverse la tête en arrière d'un mouvement irrité et dédaigneux et jette sur lui son regard de myope comme si elle examinait un objet de loin.

« Cette question, cher cousin, n'est pas très correcte, réplique-t-elle froidement.

– Je te demande pardon, dit-il calmement. N'as-tu pas déclaré toi-même que la vie n'est pas une chose distinguée non plus ? Mais les questions que la vie parfois suscite ou pose sur nos lèvres... eh bien, elles ne peuvent pas toujours et sans condition être polies.

– Soit », rétorque-t-elle sur un ton vif. Elle regarde sa montre-bracelet. « Il est plus de minuit. Je pense qu'il est temps pour moi d'aller ailleurs.

– Ailleurs, où ? lui demande-t-il, plus chaleureux. Tu

vas te retirer, Unique Vague, dans l'espace sans patrie d'où tu as surgi un beau jour pour réapparaître ici ? En parlant, je me suis rendu compte qu'il était tard.

– Tard parce qu'il est plus de minuit, le coupe-t-elle avec froideur, sur un ton sec et pressé, ou tard pour autre chose ?…

– Tard pour décider de quoi que ce soit entre nous deux, lui répond-il d'une voix rassurante. Quelqu'un ou quelque chose a déjà pris une décision à notre place. Et nous ne faisons qu'en assumer les conséquences. Ne m'en veux pas : c'est ce que j'ai ressenti en t'écoutant parler des araignées et des hommes âgés qui savent se taire mais qui finissent par parler. Et de la nuit qui n'arrive qu'une fois. Et de l'extraordinaire sensation de se trouver avec quelqu'un qui sait quelque chose que les autres ne peuvent même pas imaginer. Il est tard, ma chère, poursuit-il, déterminé, je le sais précisément depuis un moment. Depuis quelques minutes. Il ne servirait à rien que tu t'en ailles à présent tout comme il serait inutile que je te laisse partir… les personnes que nous étions et que nous sommes, les conditions dans lesquelles nous avons vécu, nous mourons et nous vivons ont commencé par une ronde folle avec toi, moi et les autres, et cette ronde, il faut la mener jusqu'au bout maintenant, cette nuit ou une autre. Une ronde diabolique », ajoute-t-il, très sérieux. Puis, voyant que la femme reste muette, sans transition, d'un ton décidé, il poursuit : « Alors écoute-moi bien. »

Il longe la bibliothèque d'un pas lent, la tête penchée, comme s'il était seul dans la pièce. Immobile, elle le suit du regard. Ses jambes repliées sous elle, les bras croisés sur la poitrine, elle est assise dans le fauteuil comme une délicate statue exotique qu'aurait sculptée, dans un matériau rare et fragile, la main légère d'un maître blasé.

Il faut faire très attention maintenant, pense l'homme en passant devant les rayonnages de la bibliothèque. Tête baissée, il arpente le chemin connu sans même regarder les livres, comme s'il avait conscience que personne n'est plus en mesure de lui prodiguer un conseil. Fais attention, songe-t-il distraitement, mécaniquement. Ronde de sorcières... le jour et la nuit pareillement exceptionnels, chargés du même contenu.

Quelque chose se passe aujourd'hui pour moi et pour le monde auquel j'appartiens... et c'est un phénomène très rare quand effectivement « quelque chose se passe » dans le réel. En général, la plupart du temps, les choses et les gens se contentent de rester en suspens. Mais aujourd'hui il se produit quelque chose... C'est pourquoi tu dois faire attention !... Parce que, si tel est le cas, alors c'est bien ainsi, tu n'y peux rien, c'est Dieu qui s'adresse à toi, personnellement. Mais si tu interviens quand Dieu parle ou si, en agissant n'importe comment, tu te mêles de ce qui survient et qui est dû à une cause divine, alors tout se transformera et deviendra humain, par conséquent confus et contingent. Donc fais très attention.

Voici encore ce qu'il pense : L'autre aussi était assise comme ça dans le fauteuil, exactement. Elle aussi aimait le noir, comme toutes les femmes à la peau très blanche… mais elle ajoutait toujours au noir une babiole flamboyante, une barrette ou un ruban, un petit ornement rouge sang, bleu ciel ou vert clair, comme un contretemps au sein d'une mélodie grave et solennelle. Aino Laine est plus disciplinée que l'autre, celle qui est revenue… mais je dois faire attention, je sens que je m'égare. L'autre est-elle vraiment revenue ? Leurs corps se ressemblent, certes… mais maintenant j'ai entendu sa voix qui n'est ni un déguisement ni un masque et qui lui appartient en propre comme son nom et son destin. Il faut que je comprenne ce que la vie veut vraiment de moi aujourd'hui… J'ai l'impression de quitter tout ce qui constituait l'espace de sécurité de mon existence et de rentrer moi aussi dans cette ronde de sorcières, avec des situations, des personnes, des fatalités qui se bousculent en moi et autour de moi… Que se passera-t-il au matin ? L'apparition disparaîtra-t-elle ? Je resterai à nouveau seul avec un souvenir en sachant que ce souvenir est à la fois dans la mort et dans la vie, à la fois néant et réalité, souffrance et possibilité… Non, ce serait trop, je ne pourrais le supporter une deuxième fois. Je ne veux pas qu'elle reparte encore au matin.

Il s'arrête brusquement au milieu de la pièce. Il s'avance vers la femme, s'assied sur l'accoudoir du grand fauteuil et prend entre ses mains le visage familier. Elle accepte ce contact sans broncher. La pénombre les empêche de se voir clairement et distinctement. Il se penche au-dessus du visage.

« Je ne veux pas que tu t'en ailles une deuxième fois. » Ses mots sortent avec lenteur, marmonnés à mi-voix. « Puisque tu es revenue, de ta tombe, du Nord ou de l'Ouest… reste ici. Veux-tu ?… Bien sûr que tu veux, sinon tu ne serais pas venue, d'ailleurs tu n'es pas venue, Aino Laine, on t'a envoyée ici. Qui t'a envoyée ? Dieu ?… N'est-il pas frivole de croire que, entre les possibilités infinies, Dieu, qui est l'infini même, ait le temps et l'envie de se préoccuper de ce détail qu'est notre douteuse et infernale destinée ?… Ou peut-être la véritable réalité est-elle cela, cette pieuse et folle croyance, cette conviction que Dieu dans Son infini se préoccupe de notre sort, personnellement, avec le même soin qu'Il accorde à l'univers. Que ce soit au Nord et au Sud, il y a toujours eu un culte autour de l'amour, des rituels, des actes religieux, comme si les amoureux servaient de messagers entre Dieu et les hommes abandonnés sur terre. Il n'y a qu'en Occident que l'amour s'est transformé en un jeu et un état nerveux... mais sommes-nous, toi et moi, des Occidentaux ? Parfois j'ai des doutes. Quelquefois, je crois que l'amour n'est rien d'autre que cet état nerveux morbide aigu qui ne veut ni "donner" ni "recevoir", malgré les illusions qu'entretiennent les amoureux... un syndrome neurologique qui peut être tragique, une crise de nerfs qu'il faut surmonter. Voilà ce que je ressens parfois. Mais ensuite, quelque chose se produit qui nous amène à nous rendre compte que cet état de nerfs remplit notre existence, non pas sous forme d'amour et d'extase mais simplement comme une action dans notre vie, lente, tenace et insidieuse, un processus physique, une loi naturelle plus forte que tout. Ce n'est pas vraiment sans raison que les hommes croient que l'amour est plus fort que la mort et qu'il descelle les tombeaux... Moi aussi, depuis quelques heures, je suis saisi d'horreur et je commence à croire que cette image poétique éculée et triviale correspond à la réalité, à une action et à une expérience. Qui es-tu ?... Montre ton visage, toi si familière... Oui, ce sont tes yeux, ta bouche, ces deux plis autour de tes lèvres, cette moue chagrine d'enfant déçu, un peu cruelle et un peu dure, tout cela participe de cette réalité revenue que je ne laisserai pas partir une deuxième fois. Rassure-toi, quelles que soient tes intentions en ce monde, avec toi-même ou avec moi, rassure-toi, tu n'y es pour rien, même si les chemins qui t'ont menée vers moi de l'étranger ou de l'enfer furent mystérieux ou détournés : tu n'es pas venue mais on t'a envoyée. N'aie pas peur, ni de tes intentions ni de toi-même, Unique Vague… tu vois, je n'ai pas peur non plus, ni de moi-même ni de mes intentions. Je ne veux pas que tu t'en ailles à nouveau… et ce n'est pas facile à dire si je considère que la loi de la répétition obéit à un ordre aussi dur et incontournable que la loi de la transformation, et que celui qui accepte cette transformation doit se préparer à la répétition, celle de la souffrance et de l'humiliation déjà éprouvées une première fois et qui reviennent à présent également. Eh bien, qu'elles reviennent… Je n'ai pas encore soixante-dix ans et mon secret n'est pas très intéressant – je regrette, Aino Laine, de ne pouvoir, dans une situation semblable, te distraire avec des tours aussi palpitants que ceux de ton sage et formidable ami, là-bas dans la forêt, parmi les illustres fantômes qui peuplaient le beau château. Les situations se répètent, tu l'as dit toi-même, et à l'intérieur de ces situations les personnes et les secrets se répètent aussi… toutefois il y a des nuances et, bien que je n'aie pas encore atteint soixante-dix ans, j'ai appris que les nuances sont essentielles. La nuance, vois-tu, c'est toi, en personne… cette multiplicité, cette individualité qui n'appartient qu'à toi et grâce à laquelle tu ne ressembles à nulle autre, tu ne copies personne et ne partages rien avec quiconque. Car ce que tu es et ce que je suis, en particulier, ainsi que notre situation et nos secrets, si tant est que nous en ayons, tout obéit à une loi et n'est qu'une répétition, et c'est dans les nuances que nous différons, que nous devenons des personnalités, fragiles, arbitraires, telles des ombres. C'est là que nous commençons, toi et moi, dans la nuance. Le reste participe de la loi. Cette loi, on ne peut la considérer qu'avec humilité, comme tout ce qui appartient à Dieu. Il est des hommes qui ne parviennent à envisager l'histoire de la gent humaine que comme la manifestation terrestre primitive de la loi de la répétition ; il est des savants, des historiens et des poètes qui voient en l'homme la répétition infinie et impersonnelle d'un seul et unique phénomène dans un spectacle tragique : vision orgueilleuse que celle-ci, malgré sa feinte humilité. Maeterlinck dit que s'il y avait moyen d'éterniser l'homme au travers de l'Histoire avec une caméra de cinéma, on verrait toujours la même silhouette se profiler sur les minuscules images, exécutant toujours les mêmes mouvements… et que la somme de ces milliards d'infimes images produirait *une* figure et *une* action impersonnelles. Eh bien, c'est à notre tour d'imprimer la pellicule, toi et moi, c'est à nous de faire les gestes qu'accomplit depuis la nuit des temps un être double – toujours un couple –, avec orgueil, dans l'extase illusoire d'exister en tant qu'individu. Ce n'est qu'une partie de nous-mêmes. L'autre partie, c'est la nuance… tu sais, comme Léonard de Vinci qui était lui aussi une "nuance" : quelque chose en lui était différent de tous ses contemporains et prédécesseurs. Comme Dante et Béatrice, qui sont devenus des symboles par la nuance et la dissemblance… Mais qu'est-ce donc que cette nuance ? Elle exprime l'intensité de l'état d'âme, la profondeur de la réponse donnée par l'acteur éternel d'un film éternel, réponse à une situation, celle de l'homme et du monde… C'est cette différence, cette nuance qui crée l'unique. Dieu nous l'a donnée pour nous rendre responsables ; ensuite, Il nous a abandonnés. Parfois, quand j'observe tout ce qui se révolte contre Dieu à l'intérieur de moi, des autres et même des anges – d'après ce que l'on dit et qui affleure dans le subconscient humain –, je sens que c'est un devoir vraiment surhumain que d'assumer cette responsabilité, celle de la différenciation par la nuance, celle de la personnalité. C'est à la fois un cadeau et une malédiction terrible que Dieu a infligés aux humains quand, au-delà de la répétition et de l'inéluctable impersonnalité – parce que nous sommes des quantités, toujours produits par deux pour n'en faire qu'un, parce que "un individu" n'est pas singulier, qu'il ne peut être fabriqué à partir d'un être unique, qu'il ne peut être que le résultat d'un mélange entre un homme et une femme et que cela seul devrait nous contraindre à la modestie ! –, oui, Dieu a accordé en don et en punition un modeste excédent, une variation qui a fait de Léonard de Vinci ce qu'il fut et qui te permet à toi, Unique Vague, d'exister vraiment, de ne pas être seulement une continuation et une répétition… Nous, les êtres humains, nous, le "mélange", avons du mal à accepter cela… C'est avec la nuance que nous nous débattons, elle que nous questionnons, elle qui ose tourner son regard révolté en direction de Dieu… c'est toi et c'est moi. La nuance, la dissemblance, c'est elle que nous cherchons chez l'autre avec une passion jalouse et c'est elle que nous combattons, éperdus de crainte. Regarde-les, ces hommes et ces femmes, feuillette quelques journaux, parcours l'histoire de l'humanité, lis les récits sur les grands couples célèbres, et tout ce qui en a résulté, création et malheur… tu verras : ce sont toujours les nuances qui se heurtent, elles qui se cherchent, qui s'acharnent l'une contre l'autre, se rejettent, s'étreignent et s'étranglent !… Il n'est guère de lecture plus instructive et plus intéressante, Unique Vague, que l'histoire des couples. As-tu jamais survolé cet autre livre d'histoire qui, derrière les batailles, les armistices, les drapeaux et les panaches des combats, témoigne de la réalité cachée ?… Le couple est toujours là, derrière la grande Histoire spectaculaire, derrière la découverte, la séduction ou le malheur. Le couple qui se forme au-delà de l'homme répétitif et des situations récurrentes et qui diffère de toute autre relation humaine. Adam et Ève, César et Cléopâtre, Joseph et la femme de Putiphar, Manon et des Grieux, Tristan et Iseut, Napoléon et Joséphine, tous ces couples, têtus et isolés, qui vivent le tragique de leur différence dans leur solitude de cristal. On n'est sans doute jamais aussi seul que lorsque le destin nous isole de la masse et nous désigne comme l'un des membres d'un tel couple. Il est bon de le savoir, en cette nuit où il se passe quelque chose, pour toi, pour nous, pour cette maison, pour les hommes dans la rue, ici et dans le monde, et où ton visage est si proche du mien… À l'intérieur de ces grands couples, la personne est toujours solitaire et protège désespérément quelque chose : la nuance, l'individualité. Voilà ce que défendent ces couples légendaires, ces grandes personnalités, ces élus : la personnalité, la différenciation, c'est-à-dire la part divine chez l'homme. C'est peut-être pourquoi une aura d'héroïsme flotte autour de ces couples historiques et peut-être pourquoi également, dans l'épopée mystique des grandes amours de l'Histoire, dans les innombrables faits divers quotidiens et les centaines de millions de tragédies humaines qui ne méritent pas même une ligne dans les journaux, dans cette chronique sentimentale du roman d'horreur des couples sempiternels, il y a tous ces malentendus, ces meurtres, ruptures, suicides, toutes ces fuites, toute cette énergie et ce talent galvaudés. Sous la guerre visible, il y a l'autre, cachée, la guerre des couples. Cette guerre-là, nul historien ne s'y intéresse. Dommage… Car c'est aussi une guerre, Aino Laine, et avec un nombre non négligeable de morts. À un certain âge, on en prend conscience pour l'avoir vécu, on en tire des leçons ; alors, quand on se penche au-dessus d'un visage pour l'embrasser, le visage d'un être qui en répète un autre mais qui – hélas ou grâce à Dieu – en diffère également, on met en balance les aléas de la vie et de la mort. Il n'empêche, on l'embrasse quand même, tu vois… en dépit de la leçon et de l'expérience. Et on lui dit "tu" et on lui dit : "Reste." À qui parle-t-on ? Peut-être as-tu l'impression que c'est une question vaine… tu es une femme, tu vis près des faits, les femmes acceptent volontiers les faits comme réponses… Il m'a embrassée, pensent-elles, c'est un fait, pourquoi encore en parler ?… Mais je suis un homme, et pour moi un fait n'est pas une réponse. Non, le fait est la véritable question que je dois démêler avec la logique de l'intelligence pour obtenir une réponse, sinon je ne peux pas vivre. Ton regard s'allume. Tu penses que c'est une piètre obsession, n'est-ce pas ?… Tu penses : Allez, pauvre homme, questionne donc, n'est-ce pas ?… Questionne donc, si tu crois ne pouvoir vivre sans réponse… oh, mon pauvre ami ! Je lis tes pensées dans tes yeux : Le fait c'est le corps, le fait c'est le baiser, le fait c'est le couple, voilà ce que tu penses. Pas vrai ? Et si tel est le cas, Unique Vague, tu fais preuve de sagesse, à ta manière. Ne serait-il pas plus commode pour moi de me satisfaire d'une telle sagesse, d'accepter les faits, de vivre avec, à travers eux et à l'intérieur d'eux, comme le font d'ordinaire les hommes quand se produit un événement qui les concerne ? Ton être, la lumière de tes yeux, le sourire de tes lèvres, ce sourire mélancolique, hautain et ironique me transmettent le message : Pourquoi tant d'efforts, pauvre ami ? Les faits sont tellement plus simples… Voilà ce que signifient ton être et ton sourire, voilà ce qu'ils ont toujours exprimé, dès le premier instant où tu es entrée dans ma vie, ou plus exactement quand tu es réapparue dans ma vie car, vois-tu, de cela je ne démords point, et si c'est une idée fixe, qu'elle le soit ! Fixe, forte et authentique !… Toi, tu penses que la réalité est une réponse, et moi une question… telle est la différence entre nous deux et dans n'importe quel couple, et la différence entre une femme et un homme. Permets-moi… laisse-moi répondre de la manière qui m'est propre : restons-en aux faits. Qui es-tu ?… Certes je connais ton nom à présent et je le prononce à peu près comme il faut. Ton nom, qui t'appartient entièrement, et avec lequel je m'adresse à ce qui, en toi, est en plus, et différent, de ta personnalité. Tu es venue du Nord, où la maison où tu es née et où tu as été enfant a été détruite parce qu'un jour des araignées ont commencé à cavaler sur les murs de la salle de bains et le dogue danois à prendre peur et à se réfugier sous tes jupes… ce ne sont que des faits, n'est-ce pas ? C'est simple, pas vrai ?… Mais, tu vois, la façon dont les faits s'assemblent est parfois effrayante. L'intelligence humaine n'a pas inventé de question plus subtile à poser au monde, pas de question plus complexe que ne l'est un fait, une grossière réalité. Dans le réel, dans la genèse d'un fait, on sent grouiller un tel faisceau d'éléments, Unique Vague !… Il y a l'homme qui voulait prendre la place de ton père dans la maison, d'abord à tes côtés puis aux côtés de ta mère et qui ne cessait de dire : "Je vous prie de m'écouter." Il y a les forces qui se sont mises en branle un jour dans le monde, et les araignées, et le chien devenu inquiet. Les forces qui ont balayé d'un seul coup la maison au bord de la mer où tu avais grandi, où ton père lisait le Kalevala, cette épopée pleine de noms magnifiques. Ensuite les forces qui t'ont arrachée aux ruines de ta maison pour t'emmener dans le vaste monde, vers l'Occident, Paris et plus loin encore, loin de ta patrie, et pour quoi ? La bombe qui a anéanti cette maison si rassurante avait-elle un but ? Ce but était-il de te faire partir ? Te faire quitter ce pays recouvert de forêts et de lacs innombrables, comme nous l'apprenons dans les guides de voyage, nous, vos cousins qui ne vous connaissent pas très bien et dont vous vous êtes séparés jadis, il y a très longtemps, au moment des migrations, à ce qu'il paraît… Car notre parenté est une histoire quelque peu nébuleuse, Unique Vague… Ne te méprends pas, je ne renie pas du tout notre lien, je mentionne simplement que tout cela est assez vague malgré les mots familiers et communs dénombrés par nos savants universitaires à Helsinki et à Budapest. Nous sommes parents sans aucun doute et ce n'est pas uniquement dû à la similitude de nos racines linguistiques. Ce que l'on éprouve est toujours plus fort que quelques racines de mots… Et dans cet immense pagaille qu'ont dû être les grandes migrations, où les ethnies, les origines et les racines linguistiques se sont ébranlées, mélangées et séparées, cherchant un lieu où se poser en ce monde que l'on n'appelait pas encore officiellement l'Europe, dans cet extraordinaire désordre, disais-je, de nombreux liens de parenté se sont tissés, même entre des peuples qui ne possédaient pas de racines linguistiques communes, et de nombreux liens se sont rompus, même entre des peuples qui se comprenaient, qui parlaient des langues fondées sur la même souche archaïque et qui avaient échangé leur sang sur des champs de bataille et des couches nuptiales… C'était une grande époque, semblable à la nôtre, à celle que nous vivons aujourd'hui. Sang, langues, coutumes, mode de vie, intérêts, tout cela tourbillonnait, levait et fermentait dans la grande marmite des plateaux de l'Europe : de la Méditerranée aux forêts vierges du Nord, des forces sauvages malaxaient et pétrissaient les peuples et tout ce qui était humain déferlait, le monde n'était qu'une vague unique et une inondation... N'est-ce pas, *Vague Unique* !... Il fut un temps où ton nom était action et histoire, je m'en rends compte à l'instant ! Te souviens-tu de cette époque aventureuse, chère parente ? Moi, je ne m'en souviens que de façon floue, des profondeurs de ce songe profond qui n'est créé ni par le cerveau ni par les nerfs mais qui est rêvé par l'être archaïque précédant la personne, par l'un de ces ancêtres primitifs qui exécutent sans fin les mêmes mouvements sur le film où commence l'histoire humaine... Il se peut que nous nous soyons déjà rencontrés un bref instant, il y a deux ou trois mille ans, quelque part entre Zeus et Odin, au milieu d'une horde de Celtes ou de Vandales, au moment où toi, qui avais écarté les draperies de ton char à deux roues pour lancer un coup d'œil sur les combattants, et moi, qui tentais de faire valoir ma vérité entre les Avars et les Petchenègues, avons échangé un regard. Est-ce possible ?... Mais oui, bien sûr que c'est possible ! Nous constituons une petite famille, Unique Vague, une famille terriblement mélangée dans le passé et le présent, souillée de sang et étourdie par le souvenir des mythes comme toutes les familles qui ont vécu et agi sur terre. Ensuite nous nous sommes établis, ici et là, pour mille ou deux mille ans. Tu penses que la famille européenne est tourmentée ?... Ça oui, sans aucun doute, elle l'est. Et tous nos parents distingués, en Occident, qui ont bâti des familles et des nations sur les ruines des foyers celtes, que savaient-ils de nous qui étions restés en rade sur la route des migrations, un peu plus haut ou un peu plus bas, en tout cas pas sur les territoires bénis où les vagues et les courants tièdes réchauffent la mer et les côtes ? Ils ne se sont pas beaucoup souciés de nous. Et pourtant, nous qui avions choisi d'autres directions, nous nous souvenions. Les uns des autres et de la famille. Et plus tard, nous avons découvert les racines linguistiques. Et plus tard encore tu as franchi la porte de l'opéra de la ville, tu t'es plantée au pied de l'escalier, ta fourrure blanche sur tes épaules, svelte et étrangère, cependant tout aussi à l'aise que les fils et les filles de mon peuple qui font le guet au bord d'un ruisseau ou à l'orée d'une forêt en surveillant les bêtes ou en épiant le butin ou la proie. Peut-être étais-tu, toi aussi, à l'affût de trophées dès le moment où tu as quitté le Nord et pris la route ? Tout cela, ce sont des faits, Unique Vague, n'est-ce pas ? Du réel et non des leurres, ou une ronde de sorcières et de feux follets. Des faits. Mais comme ils sont singuliers ! Il n'est rien de plus effrayant, de plus particulier et, oui, de plus incompréhensible que les faits, que l'ordre et le système qui organisent les éléments de la réalité. Il n'existe pas d'histoire ou de conte qui soit plus captivant et plus réaliste que les simples faits. Je viens de le comprendre ce soir… Car il en a fallu, des événements dans le monde, pour que tu te retrouves postée ce soir-là à faire le guet au pied de l'escalier de l'opéra dans une ville inconnue ! Un petit peuple a dû partir en guerre et un autre peuple… mais, attends, ne nous égarons pas, restons-en aux faits ! Ensuite tu es partie à Paris et, une nuit, tu as soupé quelque part entre Versailles et Saint-Cloud, dans un restaurant au nom de roman, avec un homme qui était fort parce qu'il était arrivé au bout de tout et qu'il possédait un secret qu'il préservait assez bien. Assez bien car il l'a gardé jusqu'au matin alors que d'autres l'auraient peut-être divulgué avant. Ça aussi, c'est du réel. Et le restaurant était meublé dans le style Empire et il est vraisemblable que les chambres l'étaient également, est-ce que je me trompe ?… Ne te formalise pas si ma question manque de courtoisie. En fin de compte, nous évoquons des faits. Et il a bien fallu que ce secret, tu l'entendes quelque part, le secret de l'intéressant vieil homme qui te l'a révélé au matin, comme le veut la coutume de certaines sociétés anciennes où la femme reçoit un cadeau de prix de l'homme avec qui elle vient de passer la première nuit. Je dois reconnaître la grandeur et la beauté du cadeau… Ce doit être une expérience extraordinaire que de se réveiller dans une hostellerie enchanteresse avec la conscience que, partout, dans les chambres raffinées et joliment meublées, dorment encore les hôtes, les riches, les célèbres, les corrompus et les hautains de ce monde, et qu'ils ne savent pas ce que toi, tu sais, toi qui t'étires dans le lit, encore ensommeillée, ils ne savent rien du secret que tu as dérobé à l'élu, le dépouillant ce faisant de sa force parce que, ne possédant plus de secret, il ne dispose plus de véritable force non plus. Cela a dû être une sensation magnifique... c'est un fait aussi. Et après, Aino Laine ?... Que s'est-il produit après, sur terre et en enfer, pour que tout se déroule selon les règles et que tu sois assise ici ce soir, dans ce fauteuil, et que tu te ries de moi qui crois au pouvoir des mots et des idées pour façonner le monde ? Pourquoi est-ce que je le crois ? Parce que, en effet, je ne suis qu'un rapporteur, rien de plus, ce qui ne constitue ni une position ni une vocation parmi les hommes... toutefois je crois que ce n'est pas une occupation mineure car formuler les choses a toujours constitué un savoir-faire mystérieux et apaisant au sein de la grande famille humaine à toutes les époques. Tu te souviens certainement de tes années d'université et de Platon : finalement, quand on y réfléchit, Platon lui aussi formulait et rédigeait, et il était doué pour cela. Lui aussi, si ma mémoire est bonne, a dit quelque chose sur la personnalité et l'amour. Tu sais, quand Phèdre et Socrate sont allongés à midi à l'ombre des arbres, près d'Athènes, et qu'ils discutent pour savoir ce qui, en amour, est préférable : se donner au fougueux amant ou au contraire aimer celui qui reste raisonnable et qui n'aime pas en retour ?... Question spécieuse, si tu te rappelles. J'ai aimé quelqu'un, c'est un fait également. Et je comprends soudain qu'au-delà des rendez-vous fébriles que les faits divers quotidiens, les auteurs de films et de romans nomment amour, il y a tout de même quelque chose de tragique, d'unique et de légitime entre un homme et une femme, sur le plan personnel, au-delà du monde et de la tombe. Et même si ce soir j'avalais de l'acide prussique – idée absurde, non ? –, cela ne changerait en rien la règle et ne me serait d'aucun secours. Quelque chose m'obligerait à me lever du sépulcre et à t'aimer, plus exactement à aimer ce quelqu'un que tu incarnes au-delà de la terre et du tombeau. Tu ne protestes pas ? Je suis content que tu m'écoutes tranquillement et que tu ne protestes pas quand je m'efforce, avec la pratique que me donne mon métier, d'énoncer ce qui découle des faits. Les astrologues qui, aujourd'hui, ne portent plus de chapeaux pointus et sont la plupart du temps de sérieux mathématiciens disent qu'il existe trois faits auxquels le libre-arbitre humain ne peut rien changer : la naissance, la mort et l'accouplement... Voilà les trois faits qui sont plus forts que toute intention, toute puissance arbitraire dont disposent les hommes, oui, plus forts que la volonté sereine et enjouée d'éros sur terre. Car il y a des couples, Aino Laine, qu'une vague unique entraîne réellement l'un vers l'autre dans le cosmos et contraint à se rencontrer, ils ne peuvent échapper l'un à l'autre, même en fuyant, au Nord, à l'Ouest, fût-ce aux Indes ou même dans la mort… Il leur faut retourner dans l'espace et le temps pour se rencontrer. Le temps a passé et j'ai souvent éprouvé du vertige devant tout ce qu'il me donnait à voir, jusqu'au moment où j'ai compris cela… Mais à présent je le sais. C'est aussi un fait, chère cousine. Et celui qui te le dit n'attend rien de toi, pas plus un miracle qu'une rédemption. Il n'attend rien parce qu'il n'a pas encore atteint l'âge de ton sage qui connaissait à l'avance l'instant même du destin. Mais il n'est plus jeune non plus… et, écoute-moi bien, je ne dis pas cela par affectation ou tristesse. J'en parle calmement, Unique Vague, la jeunesse est partie il n'y a pas si longtemps, elle était présente avant, quelque part dans cette pièce ou dans ce corps, mais elle n'est plus là. Elle est partie peut-être hier, peut-être il y a un an… en étant très attentifs, toi et moi, nous pourrions peut-être discerner le martèlement rapide de ses pas sur les marches de l'escalier ou dans les rues obscures et silencieuses de cette nuit qui est, j'en suis de plus en plus convaincu, différente des autres. Aux yeux du monde, sans doute n'est-elle pas aussi significative que celle que tu as passée à proximité de Saint-Cloud dans la belle chambre du Lys dans la Vallée… mais elle aussi a un sens, pour un ou plusieurs peuples et pour nous deux. C'est pourquoi nous la vivons. La jeunesse s'est enfuie et ne crois jamais, Unique Vague, les hommes qui te disent cela d'une voix étudiée en effleurant d'un geste coquet leurs mèches grisonnantes... un homme, un vrai, ne fait pas ses adieux à la jeunesse avec sentimentalisme et avec émotion. Je sais que je te confie un secret et ce secret n'est pas aussi extraordinaire que celui de mon rival dans le passé, au cours de cette autre nuit, c'est un secret modeste comme il se doit pour le fils d'une petite nation qui, de surcroît, ne fait pas partie des personnalités d'exception du monde. Mais c'est un secret et je te le donne, en hommage chevaleresque et comme témoignage au mitan de la nuit afin de t'offrir quelque chose, moi aussi. Parce que ce dont vous souffrez si mortellement, vous les femmes, et qui vous fait courir, affolées, de l'église chez le coiffeur, ce pour quoi vous suppliez Dieu et l'esthéticienne, cet instant où la jeunesse s'enfuit ne nous fait pas vraiment souffrir, nous, les hommes. Peut-être mimons-nous un adieu, peut-être faisons-nous quelques manières, mais au fond de notre cœur, nous n'éprouvons aucune souffrance. Chacun d'entre nous respire quand la jeunesse l'abandonne, nous respirons et nous rions même sous cape. Cette disposition manque de sublime mais c'est la vérité. Si nous offrons une mine tragique au monde, ce comportement dramatique est en réalité une provocation, il n'est pas sincère. Oui, tout homme est soulagé lorsque disparaît de sa vie et de son organisme, de son corps et de son âme cette compagne particulière, cette sauvageonne inquiète qu'est la jeunesse. Nous désignons nos tempes grisonnantes d'un geste sombre et théâtral, mais au fond de notre âme, nous applaudissons et nous exultons. Enfin partie ! pensons-nous. Enfin partie, cette folle sauvage et malheureuse, imprévisible et calculatrice, surprenante et inquiétante, chérie et excitante, la jeunesse ! Enfin nous restons seuls avec nous-mêmes, chacun avec sa nature, entre nous, pour ainsi dire. Enfin nous n'avons plus à craindre de rater ce quelque chose que la jeunesse recherchait dans ses errances maniaques et angoissées ! Enfin nous voilà libérés de l'obligation de voyager en suivant les impulsions de cette compagne capricieuse ou d'abandonner notre travail parce qu'elle nous poursuivait, cette jeunesse, effrayée à l'idée de passer à côté de notre vie, comme si c'était vraiment possible !… Enfin nous pouvons nous concentrer pleinement sur notre travail ! Ou reporter toute notre attention sur le monde ! Ou sur Dieu, de toutes nos forces et sérieusement, oui, car quand la jeunesse s'en va, on sent brusquement qu'au lieu de cette compagne insensée, sauvage et inquiète, Dieu arrive dans notre vie et se penche pardessus notre épaule. Il règne un grand ordre dans nos affaires, Aino Laine… un ordre terrible, en deçà de la tombe et au-delà. Ce moment où les hommes deviennent religieux, de façon différente d'avant s'ils l'étaient déjà et de manière authentique si ce n'était pas le cas. Ce n'est pas comme si le rituel des cultes ou les commandements des religions résonnaient avec une force particulière pour eux à ce moment-là, non, ils deviennent religieux comme quelqu'un qui n'est plus seul parce qu'il a compris que du commencement à la fin des temps, il ne l'a jamais été et ne le sera jamais plus puisque Dieu est dans tout : en lui, l'homme, et dans le temps aussi, cet élément mystérieux dans lequel il se révèle, comme le font certains acides au contact d'une substance réactive… C'est l'instant où on dit adieu à la jeunesse et où on reçoit son invité, Dieu. Et on reçoit encore beaucoup de choses dans sa vie à ce moment-là, tout ce qui jusque-là n'était que représentation flottante et fulgurante se pérennise, tels la mort et l'amour. À l'envol de la jeunesse, la vie s'enrichit soudain et se remplit de Dieu, de la mort et de l'amour. Alors que jusque-là elle n'était qu'inquiétude et changements… Tu es arrivée chez moi à ce moment de mon existence et c'est pourquoi je t'ai reçue. Parce que je t'ai acceptée, ma chère, dit-il à présent calmement, d'une voix rauque, en se penchant tout près du visage de la femme. Je t'ai acceptée et reconnue, dans les deux sens du terme, dans l'acception biblique. Tu es venue exactement au bon moment, il n'aurait pu en être autrement. Quand tu es entrée dans la pièce, j'ai eu envie de rire parce que j'ai cru qu'une loi, celle des chiffres et des vulgaires répétitions, me jouait un tour méchant et facile. Tu ressembles, mon Dieu… non, tu ne "ressembles" pas, tu *es* “elle”, en personne, je le sais maintenant. Permets-moi de te présenter à toi-même… ne tremble pas, n’aie pas peur, fais-moi confiance même si tu sais que ces rencontres avec soi-même sont les plus effrayantes. Tu es venue au bon moment, celui de la fuite de la jeunesse. Plus tôt, dans le passé, lorsque nous nous sommes connus, il n’était pas encore temps, c’est pourquoi tout s’est produit de façon aussi terrifiante. Je n’étais pas encore prêt à t’accepter et toi non plus, tu espérais et cherchais autre chose dans la vie, tu es venue chez moi et tu es allée chez l’autre, tu as erré entre nous deux et ensuite tu t’es fâchée et tu nous as quittés. Voilà ce qui s’est passé. À présent que tu es revenue au moment propice, il est impossible que ce cruel accident se reproduise car l’autre n’exerce plus aucun pouvoir sur nous. Parce que lui aussi est là, quelque part, entre toi et moi, je le sais… mais il n’a plus d’empire véritable sur nous, n’est-ce pas ?… Tu ne réponds pas ? Tu as dit que, le moment venu, tu me raconterais ta rencontre avec cet autre, tu sais, celui qui selon toi n’a été qu’“une banale affaire privée”… Ce sont tes propres paroles, si ma mémoire est bonne. Le moment est venu, parle maintenant. Et puis, que cette nuit finisse pour qu’advienne tout ce qui doit encore advenir, ton histoire et la mienne, cette affaire privée et personnelle de nuance et de différenciation. Et naturellement l’affaire du monde également, ainsi que le sort des hommes qui vivent au milieu des lacs et qui utilisent des racines linguistiques semblables à celles de la langue que j'emploie pour te parler… Ce n'est sans doute pas un hasard si nos destins se ressemblent également. Le sort des petits peuples ne nécessite pas une puissante imagination : c'est toujours la même fatalité qui leur souffle leurs paroles et leurs actes, et les mêmes forces et les mêmes adversaires qui les poursuivent, de toute éternité… Parce que, lorsque nous arriverons au bout de cette nuit, nous connaîtrons, aussi la guerre qui, je l'ai compris à présent, est une loi générale comme Dieu, l'amour et la mort. Tu voulais dire quelque chose ?… »

Il se tait car le téléphone sonne. Le son est faible, étouffé, un ronron, un bourdonnement plutôt qu'une sonnerie. Ses deux mains quittent le visage de la femme. Il jette un coup d'œil mécanique sur la montre à son poignet, il est minuit et demi. « Pardon », dit-il. Il fait le tour du bureau et soulève l'écouteur. « Allô, dit-il. Oui, oui, c'est moi. Je t'en prie. » Puis il reste longtemps sans rien dire, au moins deux minutes avant de reprendre la parole. D'une voix particulière, basse, comme celle d'un étranger, ce genre de voix où s'entremêlent la perplexité, le soulagement et l'incertitude, il dit : « Je comprends. Oui, je comprends. » Ensuite, rapidement, presque enthousiaste : « Mais naturellement. Non, personne. Personne au monde. Oui alors… » Puis sur un ton officiel, automatique : « Mes profonds respects. » Et, d'un geste lent et soucieux, il repose le combiné noir sur le boîtier.

Il reste debout devant le bureau à regarder fixement l'appareil. Il a levé les mains vers ses tempes qu'il presse distraitement du bout des doigts. Il reste longtemps ainsi comme s'il avait perdu toute conscience de la situation, de la pièce où il se trouve, de la femme qui s'est redressée dans le fauteuil et qui observe ses mouvements de ses yeux brillants.

Puis il reprend ses esprits. Il lui adresse un sourire embarrassé.

« Je te demande pardon. Je t'ai troublée.

– Oh, je t'en prie, répond-elle sur le ton de la conversation. C'était certainement une nouvelle très importante, si tard dans la nuit… C'est à moi de m'excuser si je t'ai gêné. »

Elle se lève et, d'un geste brusque et déterminé, elle remet sa fourrure blanche sur ses épaules, ses doigts rassemblent son briquet et son étui à cigarettes puis les fourrent dans son réticule noir.

« Tout cela était fort intéressant, dit-elle avec un regard d'adieu alentour. Très intéressant et vraiment surprenant pour moi. » Elle cligne de ses yeux de myope, son regard est orgueilleux et inquisiteur. « Je crois plus sage de partir maintenant. Je veux dire, avant le lever du jour. »

Et, devant l'homme qui tend le bras vers elle dans un

geste de protestation et de sollicitation et lui barre pour ainsi dire le chemin, elle poursuit gentiment, avec un sourire : « Il n'est pas toujours recommandé d'attendre le matin, cher parent… Il apporte parfois des surprises qu'il vaut mieux éviter. La nouvelle que tu viens de recevoir est certainement importante pour toi et peut-être pour d'autres également. Tu as complètement changé depuis cet appel téléphonique… Tes yeux brillent. Je crois qu'il est plus raisonnable à présent que je te quitte. Naturellement, tout ce que tu as dit m'a intéressée et, en partant de cette pièce, je suis moins ignorante que lorsque j'y suis entrée… Je sais que je ne suis pas entièrement moi et que quelqu'un m'a envoyée chez toi. C'est certainement la vérité mais peut-être pas comme tu le crois… Car moi aussi, ce matin, à l'aube, j'ai un secret, et même si la possession de ce secret ne me rend pas plus forte, c'est malgré tout un secret et il m'appartient. Ensuite, qu'ai-je appris d'autre ?… Tu m'as invitée à une sorte d'excursion ou de voyage organisé dans ta vie et c'est tout juste si ce voyage n'a pas commencé sur un manche à balai comme celui des sorcières, certaines nuits au clair de lune… et cela aussi m'intéresse, cette nouvelle variante du voyage. Puis j'ai appris que j'étais arrivée au bon moment, pour une fois, parce que tu fais tes adieux à la jeunesse et que, à cette occasion, les hommes rient sous cape… c'est ce que tu as dit, n'est-ce pas ? Et j'ai appris également que, dans cette pièce comme dans cette ville, rien ne se trouve plus tellement en sécurité, pas plus les meubles que les maisons et les hommes, car la guerre est une loi, comme Dieu, l'amour et la mort. Et cette loi prévaut ici aussi, au pays de notre famille. Oui, j'ai appris tout cela, à présent je peux partir parce que je sais.

– Tu sais beaucoup de choses, Aino Laine, dit l'homme en souriant, ému et troublé. Tu te souviens bien parce que tu écoutes bien. Il semblerait que tu sois une experte dans l'art d'écouter et d'observer.

– Peut-être est-ce mon métier, répond-elle en lui rendant son sourire. Tu sais, comme le tien consiste à rédiger. Quand la maison et la vie auxquelles une femme est liée s'écroulent et qu'elle s'en va de par le monde, que peut-elle y faire ?… Elle observe. C'est aussi un métier, cher cousin.

– Oui, elle observe », répète l'homme. À sa voix, on sent qu'il pense à autre chose, qu'il n'écoute pas de toute son âme. « Mais il y a un élément que tu n'as pas mentionné : tu as aussi appris que tu étais arrivée au bon moment et que je t'avais demandé de rester avec moi.

– Avec toi », reprend-elle calmement, lui jetant un regard froid. Elle caresse ses gants. « Pour combien de temps ? Jusqu'au matin, où tu me confieras ton secret ? Ou plus longtemps, jusqu'à ce que tu m'aies procuré un visa et un travail, à moi, la parente pauvre ?… »

Elle a posé la question tranquillement, sans ironie.

Elle joue avec ses gants et son attitude face à l'homme est celle de quelqu'un qui, par politesse, s'attarde encore à quelques adieux.

« Il est rare que j'invite quelqu'un dans ma vie, Aino Laine, dit-il posément. Mais quand cela arrive, je le fais comme il faut. Et naturellement je laisse à mon invitée le soin de décider pour combien de temps elle souhaite rester… »

La femme enfile à sa main gauche le long gant noir et elle efface de ses doigts les plis du cuir souple. Pensive, elle tâte doucement la matière raffinée et, la tête penchée de côté, contemplant le cercle de lumière laiteuse et tamisée de la lampe posée sur la table, elle dit : « Il semble qu'à présent tu parles sérieusement. Parce que avant, sache-le, je sentais parfois que tu ne faisais que jouer avec des apparitions. Est-ce que le coup de téléphone de tout à l'heure… a mentionné quelque chose qui a trait à nous deux ? »

Elle a demandé cela comme en passant mais sa voix trahissait sa curiosité.

L'homme hausse les épaules. Il se détourne et traverse la pièce. Il s'arrête devant le poêle et tapote les carreaux de céramique tièdes. Comme s'il était seul dans la pièce, tourné vers le poêle, il répond : « En effet, on m'a dit quelque chose au téléphone qui a également trait à nous. On m'a dit ce que chaque être humain sait au fond de son cœur tout en ne le sachant pas, ce qu'il espère toujours et ne croit jamais pour de bon, à savoir que le destin hésite parfois… Tout ce que nous prenons pour le destin n'est pas si absolu et surtout pas si prévisible. » Il se retourne. « Tu veux savoir ?… Ta curiosité est facile à comprendre, chère invitée. Alors voilà. La guerre est une loi, nous en avons déjà discuté. Aujourd'hui j'ai des raisons de croire que cette terrible loi universelle va même frapper tous ceux qui font partie de ma vie, ceux que j'aime. C'est ainsi que se répètent les nuits et les lois, tu vois, avec l'opéra, les hommes qui sont au courant de quelque chose que d'autres ne savent pas à ce moment-là. À Saint-Cloud ou ici… J'ai eu des raisons de penser pendant quelques heures que le matin qui allait naître de cette nuit donnerait vie à une loi aussi vieille que l'humanité et qu'elle devrait l'appliquer. Peut-être cela ne m'a-t-il pas surpris outre mesure de te voir revenir justement cette nuit, où chaque chose et chaque personne au monde sont restées seules face à leur destinée.

– Je comprends, dit-elle avec lenteur et sérénité. Et tout à l'heure, grâce au téléphone, tu as su que le destin n'était pas aussi systématique et direct que tu le croyais. Ai-je bien compris ? …

– Le destin est parfois incertain et, à l'intérieur du grand triangle humain, entre les faits que sont la naissance, la mort et la reproduction, il confie aux hommes le soin de décider. Par exemple cette nuit. Cette décision n'est peut-être pas définitive… mais moi je respire, Aino Laine, parce que le temps, c'est toujours de la vie aussi, de la vie et un répit, une possibilité pour ceux que j'aime, ceux qui comptent pour moi. Ici, sur les murs, je ne vois cette nuit aucune araignée qui s'agite…, continue-t-il avec un sourire las. En tout cas pas cette nuit. Et je veux faire tout ce que je peux pour tenir éloignées de ma patrie ces forces qui, cette fameuse nuit, ont détruit à Helsinki la belle maison où tu avais grandi. C'est mon affaire. Chaque jour, chaque semaine que nous pouvons gagner sur le destin est un immense cadeau et, au-delà de la rédaction qui est mon métier, ou grâce à cela, je veux accomplir cette autre obligation qui m'échoit, consistant à m'assurer que les maisons où habitent des gens dont le sort coïncide avec le mien restent à leur place avec tout ce que leurs murs recèlent. Bien entendu, nous ne savons pas jusqu'à quel point cela peut aboutir», dit-il très sérieusement, le visage pâli. Il se redresse. «Un homme et un peuple ne peuvent marchander avec le destin que sous certaines conditions d'équité… et les forces sinistres qui, cette nuit comme chaque nuit depuis un certain temps, arrachent de la surface de la terre les maisons de nos villes et jettent à bas les clochers d'église ne peuvent être tenues à l'écart par la parole, la volonté et toutes les formes de magie mentale que de façon provisoire. Le destin arrive, Unique Vague, les peuples et les hommes vont le savoir dans une heure… Il arrive mais pas cette nuit, comme quelques-uns d'entre nous l'ont craint dans cette ville, et peut-être ne viendra-t-il pas demain non plus, ni dans six mois, ni dans un an. Peut-être… Le destin, dit-il à voix basse, le destin des hommes, le tien, le mien, adviendra en fin de compte, c'est sûr, mais parfois il attend, il hésite… Voilà ce que j'ai appris cette nuit et aussi par cet appel téléphonique. »

La femme se tait. Il continue : « Que puis-je encore te donner, Unique Vague ?… Je n'ai plus de secret et le moment est arrivé où je t'ai confié, sans me sentir coupable, le modeste secret dont j'étais dépositaire. Que puis-je t'offrir de plus ?… Une tasse de café ?… Si tu as la patience d'attendre que je retrouve la cafetière turque et ce qui me reste de grains à moudre parmi mes trésors terrestres… »

La femme est debout, immobile et svelte, silhouette noir et blanc, prête à partir. On dirait qu'elle se trouve au milieu d'une pièce où il y a beaucoup de monde. Puis elle fait un signe de tête et, sans transition, elle enlève sa fourrure claire de ses épaules et la jette sur le fauteuil.

« Une tasse de café. » Elle se tourne vers la bibliothèque et lance par-dessus son épaule : « Je ferai la conversation avec tes livres en attendant. Ne te presse pas… » Elle prend un livre, examine les lettres dorées du titre. « J'ai le temps à présent. Jusqu'au matin, si tu veux »

Le café, donc. Il se rend dans la pièce voisine, ferme la lourde porte derrière lui, allume la lumière, fouille dans l'un des tiroirs de la crédence. Il ne connaît pas vraiment l'ordre des choses ici, la gouvernante dort dans la chambre sur cour au fond de l'appartement, elle est âgée, inutile de la réveiller. Peut-être pousserait-elle un grand cri si elle apercevait l'invitée, comme si elle voyait un fantôme en songe… parce qu'elle aussi a aimé Ili. Elle l'aimait d'une affection jalouse, et en même temps comme quelqu'un partageant la vie commune de cet appartement… et quand Ili est morte, elle n'a rien dit sur les circonstances de sa mort avec une pudeur singulière, elle ne s'est pas lamentée, elle n'a posé aucune question ni hasardé aucune explication. Ili est morte et sa photo est restée sur la table. À présent, la femme est seule avec la photo dans le salon… Que se passera-t-il quand, cheminant parmi les livres, elle s'aventurera derrière le bureau et verra la photo ? Car, au-delà de la vérité des mots, il y a ici cette autre vérité, palpable et visible : la photo. Il verse quelques grains de café dans le cylindre de cuivre, acheté autrefois à Mostar au marché musulman, et sa main reste suspendue en l'air, tenant mollement le lourd objet de métal, tandis qu'il tend l'oreille. Il ne perçoit aucun bruit en provenance de la grande pièce où règne un profond silence. Que fait son invitée ? Lit-elle ?… Regarde-t-elle la photo ? Cherche-t-elle sa place dans l'appartement, une place qui serait la sienne, ou des traces, des signes qui certifieraient que la magie de la nuit est reliée à la terre, aux objets et aux faits également ?… Parce que la seule bonne magie, pense-t-il en faisant distraitement rouler des grains de café entre ses doigts dans la machine turque, c'est celle qui est reliée au monde, celle où les éléments célestes et quotidiens se mêlent harmonieusement. L'amour marche sur terre, l'amour a des bras et des jambes, la créature merveilleuse et féerique n'est pas à l'abri d'un rhume et de soucis d'argent… et, à présent, il sent soudain dans son corps entier la commotion électrique, froide et singulière, qu'il a ressentie il y a longtemps, le jour où il a rencontré Ili, et, plus tard, au moment où il a acheté le journal dans la rue et vu le gros titre qui annonçait : « Suicide d'une jeune fille du monde ». Comme si on avait fait courir un courant électrique froid très puissant à travers son corps, le long de sa colonne vertébrale, dans les nerfs de ses jambes. L'amour… Tu ne te souviens pas ? Tu as retrouvé le calme en toi et autour de toi. Tu t'es déshabitué de jeter de temps à autre un coup d'œil injustifié sur les aiguilles de ta montre-bracelet, de dresser l'oreille à la moindre sonnerie du téléphone, de tourner brusquement la tête en entendant appuyer sur la poignée de la porte, de fouiller d'une main dans le courrier du matin en cherchant parmi les enveloppes les signes de l'écriture familière avec une curiosité et une tension anormales… tout cela est fini désormais. Et maintenant ? N'as-tu pas peur, n'as-tu pas honte d'accueillir à nouveau dans ta vie cette inquiétude confuse et humiliante ? Tu as évoqué Platon parce que le moment était venu de parler et aussi parce que même l'extraordinaire, même le prodigieux, ne peut vraiment se comprendre qu'à travers la médiation des mots organisés dans une syntaxe et une formulation… Platon a dit autre chose concernant l'amour. Où et quand ?… Ah oui, quand Céphale s'entretient avec le disert Sophocle et lui dit : « J'ai quitté l'amour avec joie comme on quitte un maître fou et cruel. » Cette chose folle et cruelle est revenue dans ma vie. Revenue de la mort, elle a franchi tous les obstacles de la vie, renouvelée et banalisée, au prix d'une performance acrobatique haletante dont je n'ose comprendre le tour… Une fois de plus endurer cette tension, cette comédie sublime et humiliante, abjecte et paradisiaque, revivre à nouveau le corps et ce que l'âme dit au corps dans l'amour… revivre l'amour et la mort ? Et, puisque les ingrédients sont les mêmes, il est certain que les actions se répéteront, d'une manière ou d'une autre. Ce programme ne varie pas autant qu'on le croit au début et notre surprise paraît toujours naïve : dans la réalité, il n'existe aucun changement qui puisse surprendre, il n'y a que des faits et les faits se répètent… Supporter encore une fois que ton corps et ton âme soient attachés à quelqu'un, c'est-à-dire prisonniers de quelqu'un, quitter à nouveau la solitude dont la vie et la sagesse ont par bonté revêtu tes épaules comme d'un manteau sombre qui te sépare du monde mais t'en protège aussi, comme l'habit protège le moine… À nouveau, « vivre à fond », c'est-à-dire vivre à moitié puisqu'il te faut tout partager avec un tyran curieux et puéril dont ce n'est même pas la faute s'il est cruel et fou… Qui est cette femme, à part que c'est « elle » et qu'elle est revenue ? Qui est cette « nuance » ? Dans la matinée, c'est une jeune femme du Nord, professeur et boursière, qui est entrée dans mon bureau, mais cette nouvelle venue s'est transformée au cours de la soirée et de la nuit. Que s'est-il passé à Saint-Cloud, qui a payé cette robe de soie noire magnifiquement coupée et cette fourrure du soir, le briquet et le porte-cigarettes en or ? Elle parle trop de langues et elle les parle trop bien. Elle a vu trop de choses. Elle en sait trop, un mot lui échappe et elle se trahit… elle est jeune encore et fière de savoir quelque chose et d'y puiser de la force. Il y a du mystère autour d'elle et son secret ne concerne pas seulement la nuit de Saint-Cloud… Mais qu'est-ce que cela peut te faire ? Pourquoi chicanes-tu ? Pourquoi déchiqueter ce superbe cadeau qu'une main divine a emballé pour toi aux enfers ? Réjouis-toi, vis avec, dans tous les sens du terme, aujourd'hui que ta jeunesse s'enfuit, Dieu se penche par-dessus ton épaule et l'amour et la mort resurgissent dans ta vie. Se peut-il que ce soit l'intention de Dieu à son égard et que cette intention soit tout à fait banale ?... Tout doit être tellement grandiose là-bas, dans le grand entrepôt où l'on maquille et habille les acteurs en vue de leur rôle sur terre... parfois ils en rappellent un, modifient un détail dans son déguisement pour le renvoyer ensuite sur la scène familière et vers l'ancienne complexité. Voilà comment elle se retrouve ici à nouveau aujourd'hui. Qu'est-ce que cela peut te faire qu'elle ait apporté avec elle autre chose que son briquet anglais et son étui à cigarettes en or dans son sac de perles noir ? Une autre intention, une autre volonté ?... Ne t'en préoccupe pas. Il y a encore quelques heures, tu croyais que cette force que l'on nomme destin et dont la guerre n'est qu'une variante masquée avait étendu la main sur cette contrée... Tu sais désormais que cette main hésite. Mais demain ou dans six mois, hésitera-t-elle encore ? Peut-on encore tenir pour certain ou prévoir quelque chose dans la vie, pas seulement dans notre précieuse petite vie naturellement mais aussi dans celle des deux milliards d'êtres qui peuplent la planète ? Dans la jungle au milieu des arbres à pain, une bombe peut tomber sur la tête des indigènes qui ne se doutent de rien, dans des contrées où nul homme blanc n'a mis les pieds ; un jour, la brousse africaine ou asiatique s'embrase de façon inattendue parce qu'une bouteille de phosphore a été lâchée du haut d'un avion qui passait par là ; dans la forêt vierge africaine, des orangs-outans poussent des cris rauques, leurs corps terrifiants blessés par les éclats de bombes qui frappent tout ce qui vit, hennit et gémit ; le destin piétine indifféremment les campagnes, les villes, les forêts, les steppes, les continents, les vivants ont beau plonger au fond des mers, les ichtyosaures contemplent de leurs yeux papillotants la chute de ces hommes et le chaos lugubre des choses dans les abysses sous-marins, les vautours s'envolent en piaillant à trois ou quatre mille mètres de hauteur, fuyant les vrombissements des avions de combat... Toutes les forces se sont déchaînées, sur terre, dans l'eau et dans le ciel ! Et l'amour est venu chez toi, encore une fois... Que t'importe son prix ? Et tout cela n'est peut-être pas aussi extraordinaire que tu le crois, toi, personnellement, toi qui as été touché aujourd'hui par la magie des apparitions. Des millions de gens ont vécu cette rencontre, cette répétition, accueille-la avec modestie ! Retourne dans la pièce, sers-lui du café turc et, ensuite, accepte l'ensemble sans te poser de questions. Tu ne peux rien faire d'autre et qui peut savoir, demain ou dans six mois, la validité de toutes tes interrogations sur le sens et l'importance de cette apparition ?... Dans chaque vie, il y a un instant dont seuls les aveugles et les lâches ne ressentent pas la solennité sauvage et capricieuse. Cet instant, le voici… Que se passe-t-il ? Y a-t-il quelqu'un à côté ?…

Il repose le moulin à café en cuivre à sa place sur la crédence, se redresse et écoute. Quelqu'un parle dans la pièce voisine. Une voix inconnue et étouffée. Les mots sont incompréhensibles, filtrés par l'épaisseur de la porte. Il se dirige vers celle-ci sur la pointe des pieds. Il reconnaît la voix à présent, c'est elle qui téléphone, à voix très basse, presque en chuchotant. S'il se penchait, s'il appliquait son oreille à la porte, peut-être saisirait-il quelque chose de ce chuchotement. Il s'appuie d'une main sur la cloison et reste ainsi. Je ne vais tout de même pas écouter ce que mon invitée dit au téléphone, pense-t-il. Toutefois il n'arrive pas à bouger. Car cette façon particulière de parler, ce murmure étranger se cache de lui et, malgré la distance où il se trouve et la paroi isolante de la porte, on entend et on sent que là-bas, dans la pièce voisine, quelqu'un se livre dans l'urgence à un acte clandestin. Dans la nuit, quelqu'un téléphone dans un appartement étranger, dans une langue étrangère dont il ne comprend pas un mot, quelqu'un parle dans un murmure véhément à un inconnu et, de toute évidence, les quelques minutes où l'interlocutrice est restée seule dans la pièce jouent un rôle important et pressant pour elle. Elle est restée seule, elle s'est glissée jusqu'au téléphone, elle a fait le numéro très vite, peut-être quelqu'un attendait-il cet appel. À présent ils se parlent. Il est une heure passée. Que peut-elle dire ? Rien de personnel ne peut justifier qu'une femme dans cette situation, la nuit, dans l'appartement d'un inconnu, se penche aussi furtivement sur le combiné, à moins que ce qu'elle a à dire soit d'une urgence fatale… Mais qu'est-ce qui peut être aussi dramatiquement urgent ? Et qui peut bien être celui pour qui une chose est d'une telle importance et d'une urgence si brûlante qu'il faille lui en faire part sans pouvoir attendre jusqu'au matin ?… Qu'est-ce donc, cette chose, tellement importante, qui ne vaudrait plus la peine d'être dite le matin ?… Il se redresse et se tient debout, les bras croisés, devant la porte, et il écoute. Il écoute non seulement avec ses oreilles mais avec tout son corps, comme si celui-ci se transformait en membrane sensible, il écoute avec sa peau. La voix s'est tue. Puis elle reprend, les mots se bousculent à toute vitesse. Quelle langue parle-t-elle ? Allemand ?… Non, exclu, cette accentuation n'est pas allemande. Anglais ?…, poursuit-il mécaniquement en éprouvant à nouveau l'électrocution froide de tout à l'heure. Non, l'accent anglais est plus caractéristique, il le reconnaîtrait même à travers la porte si la femme chuchotait en anglais. Hongrois, sûrement pas. Finnois ?… Peut-être. Mais la musique de cette langue est différente, pas comme celle du finnois… cette langue-ci est plus lâche, plus douce, elle a des résonances slaves. Parle-t-elle en russe ?... Impossible. Pourquoi, avec qui parlerait-elle russe, de cette façon pressante, au téléphone dans un appartement inconnu, et à l'étranger, où l'on surveille les conversations... hypothèse ridicule ! Ce qui est sûr, c'est qu'elle parle dans une langue étrangère, cette nuit, de chez moi, où elle a appris que ce que l'on craignait n'était pas d'actualité... Est-ce que c'est sûr, absolument sûr qu'elle ne parle pas russe ? Il a la même impression que si un bruit ou un événement inattendu l'avait tiré d'un sommeil profond de façon brutale et implacable. C'est en se réveillant ainsi, quand une voix ou une explosion, une mauvaise blague ou une impitoyable volonté nous arrache des profondeurs du sommeil pour nous projeter à la surface, au beau milieu de la réalité glacée, que l'on éprouve cette lucidité froide et effrayante. Il est aussi « lucide » à présent que s'il avait été ivre jusque-là. Comme s'il sortait d'une hébétude écœurante. Quel idiome son invitée parle-t-elle ? Il prête l'oreille. La voix est saccadée. Ces consonnes faibles et qui se suivent rapidement ne peuvent être que slaves... mais il ne reconnaît pas un traître mot. La connaissance des variantes slaves me manque, songe-t-il, avec la même culpabilité qu'un étudiant rappelé à l'ordre à un moment d'inattention. Ce n'est même pas certain que ce soit une langue slave... mais alors qu'est-ce que c'est, quelle sorte de jargon ? Il se rapproche de la porte, si près que son corps repose quasiment sur le lourd vantail de chêne et il écoute. Grand silence. Puis un déclic sourd, comme une petite sonnerie : quelque part dans le lointain, une main inconnue a reposé le combiné.

Il reste ainsi, sa tête brûlante appuyée contre la fraîcheur de la porte vernie. Il s'accote à elle comme pour y trouver de l'aide. Ah ça alors..., se dit-il. Et puis : Et après ? N'as-tu rien senti tout ce temps-là, quand tu étais assis à côté d'elle à l'opéra et plus tard au restaurant, quand tu lui as fait prendre place dans le fauteuil de ta chambre, celui où l'autre avait l'habitude de s'asseoir ? N'as-tu rien senti de tel ? N'as-tu pas perçu qu'elle parlait une autre langue... non pas tant à ses mots mais à son regard, à ses yeux, n'as-tu pas perçu qu'elle était étrangère et qu'elle t'observait ? Elle est bonne observatrice et elle en est fière... Dans ce monde où les oreilles qui épient le plus petit bruit susceptible de s'avérer dangereux ne sont plus humaines mais électroniques, où les gens et les peuples espionnent les paroles et les mouvements les uns des autres, pourquoi ne ferait-elle pas de même, elle, la belle nomade solitaire venue de Saint-Cloud et de la forêt pour reporter son attention sur toi ?... Cela le fait sourire, il secoue la tête. Et il se répète comme pour chasser de lui une monstrueuse absurdité : Ah ça alors !... Mais il ne va pas jusqu'au bout de ce soupçon tordu. Ridicule. Elle manie trop bien les langues, c'est vrai, elle parle remarquablement bien le hongrois... peut-on aussi bien l'apprendre, même en y étant apparenté ? Bien sûr, il existe de tels génies linguistiques, parmi les femmes également... son accent est resté tout de même étranger, seul son vocabulaire est riche et précis. Elle est talentueuse, cette invitée et parente, reconnaît-il, et il hausse les épaules. À présent, il faut retourner dans la pièce et lui demander dans quelle langue et avec qui elle parlait, de façon tellement urgente, la nuit, avec mon téléphone... Question désagréable. Et après ? Elle répondra, c'est évident, et peut-être dira-t-elle d'elle-même la vérité. Mais aussi bien elle mentira. Cette femme pourrait incarner la guerre : la guerre peut revêtir maints déguisements et apparaître parfois en robe de soie noire, fourrure blanche sur les épaules, avec un briquet en or à la main et une parfaite connaissance des langues. Il se répète : Ça alors... Et tout de suite après : Même ainsi, j'ai quelque chose à voir avec elle. Si on me l'a envoyée, si elle joue un rôle ici, si je dois la signaler demain aux services de sécurité, si je dois personnellement me saisir à deux mains de son beau cou blanc et familier pour y étouffer les mots superflus, si... Puis il ne pense plus rien. Il se sent très las. La même anoxie cérébrale singulière qui débranche le courant avant l'endormissement ou l'évanouissement éteint les idées dans sa conscience. Appuyé contre le bois de la porte, il revient à lui au bout d'une minute et il éprouve un pénible et profond sentiment de honte. La conscience de cette honte est aussi brutale que si on l'avait battu. Il éteint la lumière, va vers la fenêtre et ouvre les volets. Le vent, le souffle glacé de la nuit d'hiver en provenance des rues obscures inonde la pièce, lave son front brûlant et pose sur son visage enfiévré ses ailes froides. Le vent de la nuit déferle au-dessus du fleuve où, frissonnant dans l'obscurité, se sont installés les oiseaux migrateurs venus du Nord qui cherchent à manger dans ce monde cruel, loin de chez eux... Allons, finissons-en, se dit-il, et il sourit. Si elle ne dit pas d'elle-même qu'elle a téléphoné, je lui demande de partir et je la fais surveiller dès demain, pense-t-il calmement. Il ferme la fenêtre et retourne dans la pièce.

La femme est debout devant le bureau. Elle tient le portrait d'Ili entre les mains. À la lueur de la lampe posée sur la table, son visage mince est grave et d'une pâleur mortelle. Elle place la photo sous le cercle de lumière et l'examine d'un regard de myope, un peu hautain, comme vexé, en clignant des yeux. Quand l'homme entre dans la pièce, elle ne change pas de position ; la photo entre les mains, elle contemple, immobile, le maître de maison et l'interroge du regard.

Il s'approche d'elle et ne dit rien.

« As-tu d'autres photos de ce visage ? demande-t-elle tranquillement.

– C'est la seule qui me reste, répond-il. Les autres, je les ai déchirées... Dans un moment de faiblesse.

– C'est une faute, dit-elle d'un ton neutre.

– Une faute, peut-être. En tout cas, une faiblesse. Mais les photos, ce n'est pas le plus important.

– Crois-tu ? » D'un geste précautionneux, elle repose doucement le portrait à sa place sous la lampe, au coin du bureau, et elle le regarde avec attention comme si c'était un objet d'art. « Tu as tort. La réalité en dit toujours plus que tout ce que nous pouvons en exprimer avec des mots. Une image, un écrit... c'est très important. Par exemple cette image. Désormais je comprends.

– Tu comprends, vraiment ? » rétorque-t-il. Ils sont tous les deux debout devant la lampe et le portrait. « Tout ce que je t'ai dit, sur la ressemblance et la différence... tout cela a dû te paraître un peu romanesque avant que tu ne voies cette photo.

– Romanesque ? Non, plutôt étrangement familier... tu sais, comme dans les rêves, quand la réalité se déforme. Non, dit-elle en secouant la tête, non, ce n'est pas ce à quoi je pensais en te disant qu'à présent je comprends. Je me suis rendu compte que j'avais déjà vu ce cliché. Pas celui d'un visage semblable, non... exactement le même. Je ne peux pas me tromper. Il est vrai que je ne l'ai vu qu'en passant, un instant... j'ai tendu la main vers lui, mais on l'a saisi vivement et jeté dans un tiroir. Puis on a parlé d'autre chose.

– D'autre chose ? De quoi ?

– De toi », dit-elle simplement. Elle contourne la table, se dirige à pas lents vers le fauteuil, sa démarche est un peu incertaine, on dirait qu'elle vacille. « De toi, personnellement. On a prononcé ton nom. On a suggéré que je vienne te voir, tu m'aiderais certainement. C'est bien ce que cet homme a dit : “certainement”, il en était absolument certain... Il a ajouté que tu ne pourrais pas faire autrement que de m'aider. Mais il n'a pas mentionné la photo. Il me l'a prise des mains dès que je l'ai aperçue et l'a jetée dans le tiroir de son bureau. Ensuite il m'a dit d'aller te voir et il a ri. Il a ri d'une façon vraiment étrange, dit-elle à présent en ramassant sa fourrure qu'elle remet frileusement sur ses épaules. Comme un fou ou comme un... je ne sais pas quoi.

– Allez, fais un effort, lui demande-t-il gentiment. Comme un fou ou comme... qu'as-tu voulu dire ? Comme un meurtrier ? N'est-ce pas à cela que tu as pensé ?

– Un meurtrier ?... » Le terme ne l'effarouche pas. Elle penche la tête de côté et réfléchit. « Je ne crois pas qu'il ait tué au sens ordinaire du mot..., poursuit-elle d'un ton peu assuré. Il est vrai que l'on peut tuer de maintes façons... nous en avons appris un rayon là-dessus ces derniers temps. Pas toi ?... Moi, si, beaucoup, dans le monde. À présent c'est devenu une occupation de première importance et les hommes sont tellement inventifs dès qu'il s'agit de la manière de détruire quelqu'un ou quelque chose… Toutefois, je ne pense pas qu'il ait tué quiconque, dit-elle d'une voix ferme. Mais tu dois avoir raison, il a ri d'une façon tellement singulière que ce n'était plus humain, comme les fous qui rient parce qu'ils savent quelque chose de monstrueux ou ces fauves qui ont pris apparence humaine et dont on a peur en Espagne et chez nous dans le Nord… les loups-garous, tu sais… Son rire était celui d'un fauve, on aurait dit un loup qui se serait mis à aboyer et à rire. Il m'a arraché la photo des mains, il m'aurait presque frappée.

– Où était-ce ? demande-t-il poliment, d'un ton encourageant. Dans son appartement ?

– Non, penses-tu !… Dans son bureau, répond-elle avec naturel.

– À l'université, dans son laboratoire ? »

Il a posé la question de façon neutre, simple ; un fonctionnaire a le droit d'interroger quelqu'un dès lors qu'il souhaite une réponse à une question délicate. Elle acquiesce de la tête.

« Oui, à l'université… mais pas dans son laboratoire. Dans une petite pièce en désordre, voisine du labo… une pièce où se mêlaient des odeurs terribles, corrosives, une exhalaison pénétrante d'acides, de produits chimiques… Et sur la table où était posée la photo, le désordre était effarant.

– Voilà donc comment ça s'est passé, dit-il avec satisfaction. Tu vois, Aino Laine, comme le puzzle finit par s'assembler ! Après cela, beaucoup de choses vont se simplifier en ce qui nous concerne. Maintenant je te prie de bien vouloir me dire qui t'a envoyée là-bas : comment es-tu parvenue jusque chez cet homme ?

– Comment ?... Mais ce n'est vraiment pas très compliqué, répond-elle d'une voix rauque et agitée. Il n'y a là-dedans rien de mystérieux... plus exactement, il n'y avait rien de mystérieux. Jusqu'à ce que je voie cette photo sur ton bureau... C'est l'un de mes professeurs qui était chimiste à l'université d'Helsinki, en qui mon père avait confiance, qui m'a conseillé d'aller voir cet homme. Lorsque j'ai décidé à Paris de venir ici, chez vous, mes parents, j'ai écrit à ce professeur pour lui demander une recommandation. Voilà, c'est tout. C'est lui qui m'a appris que cet homme était renommé dans sa partie et qu'il pouvait peut-être m'aider.

– Oui..., dit-il à voix basse. Il est excellent, dans sa partie. Et il t'a aidée ?... », demande-t-il d'un ton résolu, pressant.

La femme le regarde, tête penchée, et, pour la première fois, sa réponse est incertaine, son accentuation hésitante et craintive : « Il m'a envoyée chez toi en tout cas. Et je vais savoir maintenant s'il m'a aidée en faisant cela... n'est-ce pas, cher cousin ? »

Elle s'est efforcée de lui demander cela en

plaisantant, sur le ton de la mondanité, mais son attitude ressemble davantage à celle d'une adolescente prise la main dans le sac et prête à prendre la fuite à tout instant.

« Cet homme…, dit-il avec lenteur comme s'il devait vaincre une douloureuse reticence, tu as fait sa connaissance ? Quel genre de personne est-il, d'après toi ? Un être assez fort et assez corrompu pour tuer quelqu'un ?… »

Ils observent tous les deux la photo avec attention.

« Il fait partie de ces êtres rares, qui sont capables de tout, dit-elle en détournant lentement les yeux pour regarder le plafond. Non seulement leurs tendances et leurs intentions sont irréductibles mais leurs capacités le sont aussi. Les hommes de ce genre réussissent, grâce à une volonté insensée, à résoudre des mystères que jusque-là, pendant des générations, l'humanité a tenté de percer en vain. Assis à leur table de travail, ils résolvent des questions restées pour les autres éternellement insolubles. Quand ils rejoignent le monde, ils transmettent leur volonté à tous et, partout où ils vont, répandent la destruction et la souffrance… Quand ils aiment quelqu'un, cette personne est vouée à la mort. Il existe de tels hommes.

– Et tu es sûre que cet homme-là appartient à cette catégorie ?…

– Oui, j'en suis sûre, répond-elle vivement. J'ai eu

peur quand je l'ai vu. Je crois qu'il a pris peur, lui aussi un peu… mais différemment de toi ce matin. Sa crainte, c'était de reconnaître qu'il existait des forces plus puissantes que les siennes et qu'il n'avait peut-être pas parachevé son œuvre… Je comprends désormais, dit-elle en reprenant son souffle. Depuis que j'ai aperçu la photo, tout à l'heure, j'ai compris. Mais lui n'a pas montré sa peur. Il s'est contenté de rire, de ce rire monstrueux et terrifiant… Et puis il m'a arraché la photo des mains et m'a envoyée chez toi.

– La photo se trouvait sur son bureau ? » demande-t-il.

Elle s'étonne.

« Oui… Est-ce important ?

– C'est toi qui as dit que la réalité était importante.

– Oui, elle était posée sur un coin de son bureau, comme chez toi… Puis-je te demander qui était cette femme ?

– Tu peux, répond-il, calme et fatigué, avec lenteur, et je pourrais répondre. Mais que ferais-tu de noms ou de renseignements administratifs, Unique Vague ? Tu sais, la réalité est malgré tout plus banale que l'image que nous nous en faisons… Que veux-tu savoir ? Son nom, son âge, ses données personnelles ? Tout ça, tu peux en prendre connaissance en allant au cimetière, en lisant l'épitaphe sur sa tombe, ou à l'administration centrale, où l'on chiffre et enregistre les morts… et tout cela n'a plus aucun sens. Ce qui a eu de l'intérêt, ce qui en a encore, pour l'homme qui a ri comme un loup en te voyant et pour moi qui t'ai invitée chez moi – et qui ai voulu te faire du café un peu plus tôt cette nuit mais qui ai ensuite complètement oublié… tu ne m'en veux pas ?

– Non, continue ce que tu voulais dire. Il est tard. Quel est l'intérêt, alors, pour celui qui a ri comme un loup et pour nous qui contemplons cette image tard dans la nuit ?…

– C'est que tout cela dépasse la réalité, reprend-il, avec plus de vivacité. On dirait que la vie dépasse vraiment la mort. Et que tous ces emportements, misères, malentendus et tout ce malheur dans lesquels nous passons notre temps ne constituent pas le vrai sens et le vrai contenu de la vie. Il y a comme un excédent ici, Unique Vague, il y a une certaine signification sous les phénomènes, et ça, ça nous dépasse, toi et moi… Tu veux encore savoir quelque chose ? »

Elle réfléchit. Elle joue avec ses gants et regarde le tapis.

« Non, lâche-t-elle avec lenteur. Et toi ?… Que se passe-t-il, que se passera-t-il pour toi, parent et ami ? Cela ne te fâche pas que je t'appelle ainsi ?… Parce qu'il faut que tu saches que moi aussi, je crois que cette nuit est vraiment exceptionnelle : c'est une de ces rares nuits dans la vie où des gens apprennent à se connaître mutuellement et, à travers l'autre, à comprendre l'action dans laquelle ils sont engagés. Je sens que tu es un parent et un ami. Maintenant tu peux poser des questions si tu veux encore que je te dise quelque chose… »

Elle a prononcé ces mots dans un élan de générosité, comme si elle offrait un cadeau. Elle lève les yeux et, pour la première fois, elle le fixe directement d'un regard ouvert, chaleureux et amical.

« Je ne vais pas insister, dit-il, avec douceur et calme. Je te remercie de m'avoir compris et de la patience que tu as déployée. Que pourrais-je te demander à présent alors que tu te montres généreuse pour la première fois cette nuit ?… Car je sens à ta voix et à ton regard que là, tu es vraiment généreuse, Unique Vague, et que tu veux me donner quelque chose. C'est beau et humain, et même grand, surtout à un moment où je me suis montré tellement distrait que j'en ai oublié de te servir le café fort et odorant que je t'avais promis… Que pourrais-je donc te demander ? Ton opinion concernant un courant circulaire qui relie trois êtres vivants et une morte dans une entreprise commune difficile à appréhender ? Te demander pourquoi ce cercle se referme autour d'eux aussi parfaitement ?… Ou s'il n'est pas bizarre que, à Helsinki, un étranger soit au courant de l'existence d'un chimiste dans un pays lointain, un maître dans sa profession, qui pourrait peut-être t'aider au moment où tu déciderais de rendre visite à tes cousins éloignés ? Et qui en effet t'aide, même si entre-temps il rit comme un loup et t'arrache des mains la photo qu'il conserve sur un coin de bureau… Et qu'ensuite il t'envoie à moi, au seul homme dans cette grande ville qui garde l'original de la photo chez lui, sur un coin de son bureau… Et ces deux hommes, vois-tu, ne se sont jamais adressé la parole de leur vie. Oui, l'un d'entre eux ne savait même pas que l'autre possédait aussi cette photo… Et toi tu t'élances à travers le monde ténébreux où ne brillent plus les lumières de la nuit, tu arrives avec l'instinct et la sûreté des oiseaux migrateurs dans la ville inconnue où, dès qu'ils t'aperçoivent, ces deux hommes ne peuvent faire autrement que te prêter attention car ils ont l'impression d'être le jouet d'une mauvaise blague et d'un tour de passe-passe. C'est ce qu'ils éprouvent de prime abord. Comme si la nature répétait ses œuvres et ses caprices avec des trucs de foire… voilà leur impression. L'un d'eux éclate de rire et l'autre est saisi de stupeur. Mais désormais tout est à sa place. De façon un peu tortueuse et improbable, pas comme dans la vie mais plutôt comme dans un roman – bien sûr, pas comme dans un bon roman où tout est simple et ordonné, non, plutôt comme dans les livres d'aventures, les contes où les héros volent dans les airs avec leurs bottes et où des saucisses poussent sous le nez des sorcières, bref, où tout peut arriver, l'impossible et l'invraisemblable aussi. Tu vois, un livre de ce genre, je n'en ai pas sur ces rayonnages… les livres sérieux seraient fâchés si je plaçais à côté d'eux une de ces histoires inventées, aussi rocambolesque et tortueuse que la nôtre, à nous deux ou à nous quatre... Mais pourtant c'est bien ainsi que les choses se sont passées. Et cette histoire n'appartient qu'à nous, n'est-ce pas ?... Et c'est bien assez fantastique de constater à quel point la vie est désordonnée et non conforme à la littérature ! Ou serait-ce la littérature qui n'est pas conforme à la vie ?... Dans le sens où la littérature, c'est-à-dire la création et l'intelligence, a peur des hasards grotesques de la vie qui, n'obéissant à aucune règle et faisant fi de toute volonté et imagination humaines, se relient entre eux dans une sorte d'ordre et de cohérence intrinsèques – comme par exemple pour nous quatre, la morte, toi, l'homme dont la pièce est saturée de puanteurs chimiques et moi, qui ne compte plus pour grand-chose dans cette histoire... Voilà ce que je sens. Et je pourrais te demander si tu n'es pas saisie d'une forme d'humilité en constatant que, au-delà de tous les plans établis à l'avance et de toutes les intentions et subtilités humaines, ces situations et ces rencontres se produisent malgré tout avec les êtres que nous sommes... Parce que je soupçonne quelque chose de ce genre. Il s'est passé quelque chose cette nuit, Unique Vague, non seulement pour les peuples et les nations mais pour nous également, à titre individuel... On dirait qu'il existe une autre histoire derrière les batailles et les armistices, par exemple la tienne et la mienne. Et je pourrais aussi te demander laquelle tu estimes la plus importante, la grande Histoire ou la petite, la nôtre, et où tu te sens davantage impliquée, dans les complexités du monde ou dans notre affaire, et quelle entreprise est la plus importante à tes yeux… Et puis, si je devais vraiment insister, peut-être pourrais-tu m'apprendre s'il y a quelque lien entre les grandes et les petites complexités de l'Histoire, entre l'affaire du monde et des peuples et nos complexités, ton affaire et la mienne…

– Pourquoi dis-tu cela ? demande-t-elle doucement. Il faut que tu saches que cette nuit notre histoire s'est séparée de celle du monde. C'est bien pourquoi elle est extraordinaire… Parce que à présent je ressens moi aussi le miracle de cette nuit, cher parent.

– Séparée, oui, acquiesce-t-il. Quelque chose s'est passé pour nous, c'est très rare dans la vie des hommes… en général les choses arrivent et puis s'en vont, toute la vie. Mais aujourd'hui il s'est produit quelque chose pour nous… par exemple nous nous sommes rencontrés, toi et moi, précisément, et si nous avions vécu dans le Nord ou à l'époque des grandes migrations, peut-être nous serions-nous prosternés devant le coup de foudre de cette rencontre, à l'instar de nos ancêtres primitifs lorsqu'ils ont connu le feu, le destin de l'être humain, les possibilités de la vie et les rapports entre les choses. Bien sûr, nous ne nous prosternons plus devant les prodiges… mais notre comportement ne change rien à leur essence et à leur nature. Nous ne nous cabrons plus devant le merveilleux mais nous l'observons avec attention et l'examinons avec les outils intellectuels en notre possession. Car au fil des temps, nous avons reconnu ce qui, dans le merveilleux, est banal et utilisable, nous savons par exemple que la foudre a une valeur pratique et que l'on peut s'en emparer pour la mettre au service de l'homme… pour en faire surgir la lumière ou pour transporter la parole par téléphone. » Puis, voyant que la femme se contente de le fixer : « Tout cela est à la fois prodigieux, dangereux et banal, dit-il sur un ton amical et vif, comme tout ce que touche l'homme. Prométhée a volé le feu au ciel, ce fut un acte considérable, mais plus tard, ce feu s'est transformé en armes et en actions boursières. Pourrais-je te demander, en cette nuit qui tire à sa fin – hélas, même les prodiges ont un début et une fin pour peu qu'ils tombent dans l'espace humain –, ce que tu penses de tout, des affaires du monde et de notre relation, et ce que tu peux en dire, à moi ou à un autre, face à face ou au téléphone ?… Peut-être me répondrais-tu si je te le demandais ? Qu'en penses-tu, Unique Vague ?

– Je pense qu'après tout ce qui s'est passé pour nous, cette question est superflue et dérisoire. »

Elle s'avance vers lui, pose ses mains gantées sur ses

épaules d'un geste léger et rapproche son visage du sien. Puis, d'un souffle chaud et haletant, elle murmure : « Si tu me le demandais, que dirais-je, parent et ami ? Au cours de ma conversation téléphonique tout à l'heure, j'ai aperçu cette photo sur le bureau… et, pardonne-moi, je suis une femme, j'ai besoin de faits pour comprendre le merveilleux et y croire. J'ai parlé au téléphone parce que Prométhée a volé le feu du ciel et qu'ensuite le feu, entre les mains de l'homme, s'est transformé en actions boursières et en armes… et en guerre qui brûle et flamboie à travers les temps depuis que l'homme vit sur terre. Et toi, tu pourrais me demander une chose ou une autre sur tous les tons… amical et courtois comme il y a un instant, ou moins allusif, plus direct et officiel, tu en as le droit, poursuit-elle en haussant les épaules. Tu m'as offert toi aussi cette nuit un secret qui vaut ce qu'il vaut… et à présent tu serais en droit de me demander de quoi j'ai parlé au téléphone dans une langue étrangère et si, dans cette demeure accueillante, je n'ai pas abusé de l'hospitalité et de la confiance du maître de maison… Cette question serait légitime. Parce qu'il se passe en effet quelque chose dans le monde et dans le temps qui nous a été imparti, y compris pendant les heures de la nuit où les mots ont le contenu et la valeur des bombes. Et, après tout ce qui s'est produit, je ne dois pas vraiment t'inspirer confiance… Une inconnue maîtrisant les langues étrangères, sujette aux transformations, qui arrive avec les accessoires des aventures terrestres et surnaturelles, une femme qui, en passant du jour à la nuit, se montre sous différents aspects, une femme qui a connu un homme ou même plusieurs, des hommes en possession de secrets que les autres ne connaissaient pas… tout cela est louche. Tu disposes du téléphone, cher cousin… Tu peux t'en servir, dès à présent si tu le désires. Mais tout cela n'a pas d'importance parce qu'il est tard, dit-elle distraitement, presque dans un soupir.

« Tard ? » demande-t-il. Le souffle chaud de la femme l'effleure. « Pourquoi tard ? Soit nous nous disons adieu, soit nous faisons connaissance, Unique Vague… ce serait bien si en cet instant tu disais la vérité.

– Il m'est désormais facile de la dire, dit-elle, souriante, d'une voix douce. Parce que, tu sais, j'ai vu la photo. Et j'ai compris que le merveilleux peut s'incarner sur terre. Je n'y croyais pas jusque-là. Je ne croyais pas non plus à ce que tu disais parce que je suis une femme. Mais je suis devenue humble car j'ai admis que ce que je crois, ce que j'entreprends, ce que je projette est depuis longtemps déterminé et que toi et moi ainsi que l'autre ne sommes que des rouages dans un plan ou une organisation qui se réalise à travers nous, indépendamment de nos intentions et de notre volonté. Tu aimerais connaître la vérité… tu aimerais savoir qui je suis, en quoi consistent mon projet et mon devoir dans le monde, pour quelle raison je traverse des pays en pleine guerre, comment je découvre les clés des portes verrouillées, pourquoi je parle plusieurs langues avec un accent acceptable, ce que je veux de toi et ce qui compte pour moi dans ce que je pourrais apprendre de toi ? Oui, tout cela, tu aimerais le savoir. Mais ça n'a plus guère d'importance... cher parent... je veux dire, pour nous deux, cela n'a vraiment plus d'importance. Toutefois, si tu l'estimes indispensable, tu n'as qu'à soulever le combiné du téléphone... les puissances terrestres qui sont fortes et curieuses se tiennent à ta disposition. Cependant, ce geste, permets-moi cette remarque amicale, n'apportera aucun secours, ni à toi ni à nous. Car moi aussi je sais désormais que tout ce que tu nommes "notre affaire à tous les deux" n'est pas une fièvre et une chimère mais une réalité. Je n'en suis consciente que depuis quelques minutes – je te le répète, il a fallu que je voie le portrait, tellement je suis méfiante. À présent, oui, je sais. À présent, tu peux me questionner ou prendre des mesures, à ta guise. Il est très facile aujourd'hui de questionner et de harceler quelqu'un... Il existe maintes méthodes. Quant au monde et aux hommes qui l'habitent, ils sont réellement louches... je ne peux me défendre contre ce regard avec lequel tu m'observes depuis que tu es rentré dans la pièce après m'avoir entendue à travers la porte parler avec quelqu'un dans cette ville inconnue et dans la nuit obscure. Les forces suspectes et terrifiantes du monde sont en lutte, et pas seulement sur les champs de bataille… et c'est comme si les hommes ne s'appartenaient plus à eux-mêmes, c'est comme si tout le monde vivait dans la servitude et portait le même uniforme invisible nuit et jour, comme si tout un chacun appartenait à une société secrète ou à un parti, arborait des insignes particuliers et se déplaçait avec des messages mystérieux entre les pays et les peuples, les amis et les classes sociales, ainsi qu'entre les familles et les amants… C'est ainsi que tu vois les choses ? Je crois que tu as raison. Et de tout cela tu peux tirer les conséquences que tu veux parce que je ne répondrai pas à cette question… question que tu m'as posée certes avec tact mais sans ambiguïté, par laquelle tu veux savoir qui je suis en réalité, de quoi je fais partie, et avec qui je parlais tout à l'heure au téléphone pendant que tu avais quitté la pièce, tout bas – hélas, il semblerait que je sois une débutante parce que ce n'était pas encore assez bas !… Tu vois quel amateur je suis, cher cousin !… » Elle rit, gentiment, presque comme une enfant. « Amateur et débutante. Malgré tout, je ne te répondrai pas. Parce que tout cela a peut-être de l'importance pour une administration ou un État ou pour les membres d'une société secrète… mais plus aucune pour nous deux. Tu aimerais savoir qui je suis et de quoi je fais partie ?… Je fais partie de toi depuis quelques minutes.

Je le sais à présent. Et sache-le toi aussi, je te prie. » Son visage rayonne, très près du visage de l'homme, l'haleine chaude de sa bouche caresse son front. Elle poursuit, les yeux brillants : « Et cela signifie beaucoup d'appartenir à la vie de quelqu'un. C'est bien plus que tout que ce que nous pourrions savoir l'un de l'autre ou demander l'un à l'autre… Et même si, pris à part et individuellement, nous ne sommes pas significatifs et qu'à deux nous ne sommes qu'un couple et que, des couples comme nous, il y en a treize à la douzaine, oui, c'est important d'appartenir à la vie de quelqu'un, et plus rare qu'on le croit. C'est surprenant et triste parce que, à présent que j'ai quelque chose à voir avec toi, il faut que je te quitte. Il le faut, écoute-moi bien et comprends ce que je dis : il le faut, pour toi et pour nous, puisque je fais partie de ta vie à présent… J'ai compris que ce jeu nocturne et spectral avec les corps et les rencontres représente une réalité aussi sérieuse que l'autre jeu, pas moins grave et tout aussi fantomatique, auquel jouent, au grand jour, les hommes avec les peuples, les frontières, les champs de bataille et les armées revêtues d'uniformes de toutes les couleurs. Il y a une heure, je pensais que j'allais rester là, près de toi. Mais je sais maintenant que j'appartiens à ta vie, que j'ai vraiment quelque chose à voir avec toi, que ce soit par le corps, le destin ou l'inclination… et c'est pourquoi je dois te laisser, pour te préserver.

– De qui ou de quoi veux-tu me préserver, Unique Vague ?... », demande-t-il.

Ils sont immobiles et la distance entre leurs yeux est infime, en cet instant, ils ne voient que leur visage qui se reflète dans le regard l'un de l'autre.

« De moi, naturellement, et de toutes les conséquences de la situation quand il fera jour et que non seulement toi mais d'autres se verront peut-être obligés de se renseigner sur moi. Il n'est pas certain que cela se produise mais ce n'est pas exclu. Et l'on offre volontiers des cadeaux quand enfin on appartient à quelqu'un dans le monde. Et mon cadeau, c'est de te laisser à présent. C'est un grand cadeau, accepte-le de bon cœur. » Elle entoure avec douceur et tendresse le cou de l'homme et presse un instant son visage contre le sien. « Ne dis rien maintenant, dit-elle. Ne dis rien, cher parent, et range la tenaille de ton intelligence, ton arme favorite... ne souhaite rien pendant un instant. Tu vois, la rencontre a tout de même eu lieu et, pour moi, c'est un prodige sans doute plus effrayant que pour toi... S'il existe une loi entre nous, elle sera valable dans l'avenir également. À présent, laisse-moi partir, tu veux bien ?...

– C'est la nuit et il fait noir. Où irais-tu ? Retournerais-tu à la nuit ? Ou dans le monde où les villes s'embrasent et où tu as une sorte de mission... bonne ou mauvaise, je ne le saurai pas, n'est-ce pas ?... Que se passerait-il si tu restais ici maintenant ? Tu as vu et tu as touché ce que tu ne voulais pas croire, tu as vu qu'il existait encore des miracles…

– Des miracles, certes », souffle la femme en resserrant son étreinte autour du cou de l'homme. Puis elle dit : « Peut-être, cher parent, peut-être existe-t-il quelque immense miracle au-delà des petits. Peut-être un jour toutes les flammes et passions mauvaises s'éteindront-elles dans le monde et le miracle qui m'a effleurée et qui me contraint à présent à te quitter en te faisant ainsi un cadeau se manifestera-t-il sous une forme plus générale et plus sublime… Sais-tu à quoi je pense ? Peut-être qu'un jour, là-bas dans ce monde qui est à présent obscur et dangereux, les hommes souhaiteront relier et donner plutôt que séparer et détruire…

– Tu penses qu'à ce moment-là nous nous reverrons et que tu reviendras vers moi ? demande-t-il.

– Je ne peux savoir quel est mon devoir sur terre, répond-elle gravement. Vivre pour toi ou pour ceux qui veulent un autre miracle, plus grand ? »

Elle laisse tomber ses bras d'un mouvement léger. Elle se dirige vers la porte.

« Nous nous sommes rencontrés et nous nous sommes dit adieu. Ouvre-moi la porte et laisse-moi aller mon chemin.

– Je vais t'accompagner, dit-il.

– Tu sais parfaitement, répond-elle à la porte, que la plus grande marque de courtoisie, la seule, est de ne pas m'accompagner. Je te le répète, poursuit-elle plus fort cette fois, laisse-moi aller mon chemin. Je dis cela pour toi et pour moi. »

Et elle franchit le seuil.

Il éteint la lampe, ouvre la fenêtre. La rue est sombre. Il neige. La svelte silhouette blanche avance rapidement, vacillant dans la neige. Il la voit encore une seconde au détour d'une rue, dans la lueur falote d'un lampadaire, à travers le voile étincelant et irréel des flocons de neige. Elle se hâte vers le fleuve, d'un pas léger. Elle marche avec facilité et familiarité dans la neige qui semble un élément intime qu'elle connaît bien. Elle tourne dans les ténèbres d'une rue et disparaît.

Il reste longtemps debout à la fenêtre ouverte et contemple la neige qui tombe. On dirait que c'est du silence qui tombe sur la ville endormie, un silence dense et doux, un silence céleste, un calme épais et blanc. Il respire profondément, aspire l'air humide et piquant de l'hiver, savoure cette senteur âpre, écoute le silence...

Allons, va donc, pense-t-il. Comme ta démarche est légère ! Va, va par les rues obscures, traverse les contrées encore plus obscures des intentions et des pays humains. Avance, légère, comme les mouettes au-dessus des villes en flammes et des sombres paysages terrestres, les mouettes qui sillonnent le ciel de leur vol inquiet, la boussole de leur instinct dans le cœur. Tu vois, tu as quand même trouvé le chemin de ma maison. Où vas-tu ?… Qui cherches-tu, et quoi ? Un jour, tu me répondras. Parce que les miracles existent, tu le sais à présent, toi aussi, et les gens finissent par se rencontrer un jour… Les gens, toi et moi, et peut-être également ces foules indistinctes que l'on appelle peuples et qui se cherchent les unes les autres et qui cherchent leur place dans le monde au-delà des emportements et des passions… aujourd'hui comme au temps des migrations, et parfois d'une manière aussi terrifiante et épouvantable qu'aujourd'hui, portant des vêtements singuliers, uniforme ou fourrure blanche et robe du soir noire… Et avec une main invisible qui dirige le tout.

Il reste ainsi et laisse la vapeur brumeuse de la nuit et l'humidité des flocons de neige pénétrer la peau de son visage. Peut-être, songe-t-il. Mais à présent tout est encore très sombre.

Il ferme la fenêtre. Il reste planté dans la pièce obscure, désorienté, jamais il n'a été si seul. En même temps, il sent qu'une Main, celle qui dirige le vol des mouettes et les pas des humains, se pose sur son épaule. Il traverse la pièce dans les ténèbres, tel un aveugle, et pourtant on dirait que Quelqu'un le guide.

DU MÊME AUTEUR

Aux Éditions Albin Michel

LES RÉVOLTÉS

LA CONVERSATION DE BOLZANO

LES CONFESSIONS D'UN BOURGEOIS

LES BRAISES

L'HÉRITAGE D'ESTHER

DIVORCE À BUDA

UN CHIEN DE CARACTÈRE

MÉTAMORPHOSES D'UN MARIAGE

MÉMOIRES DE HONGRIE

LIBÉRATION

LE PREMIER AMOUR

LE MIRACLE DE SAN GENNARO

L'ÉTRANGÈRE

LA SŒUR

LES ÉTRANGERS

« LES GRANDES TRADUCTIONS »

(extraits du catalogue)

CHRIS ABANI
Graceland
traduit de l'anglais (Nigeria) par Michèle Albaret-Maatsch
Le Corps rebelle d'Abigaïl Tansi
Comptine pour enfant-soldat
traduits de l'anglais par Anne Wicke

DANIEL ALARCÓN
Lost City Radio
La Guerre aux chandelles
traduits de l'anglais (États-Unis) par Pierre Guglielmina

ALESSANDRO BARICCO
Châteaux de la colère, prix Médicis étranger 1995
Soie
Océan mer
City
Homère, Iliade
traduits de l'italien par Françoise Brun

MISCHA BERLINSKI
Le Crime de Martyia Van der Leun
traduit de l'anglais (États-Unis) par Renaud Morin

ANDREI BITOV
Les Amours de Monakhov
traduit du russe par Antonina Roubichou-Stretz
La Datcha
traduit du russe par Christine Zeytounian-Belos
Un Russe en Arménie
traduit du russe par Dimitri Sesemann

ELIAS CANETTI
Histoire d'une jeunesse, la langue sauvée, 1905-1921
Les Années anglaises
traduits de l'allemand par Bernard Kreiss

Le Flambeau dans l'oreille, histoire d'une vie, 1921-1931
traduit de l'allemand par Michel-François Démet
Jeux de regard, histoire d'une vie, 1931-1937
traduit de l'allemand par Walter Weideli

VEZA ET ELIAS CANETTI
Lettres à Georges
traduit de l'allemand par Claire de Oliveira

ELIAS CANETTI ET MARIE-LOUISE MOTESIZKI
Amants sans adresse, correspondance 1942-1992
traduit de l'allemand par Nicole Taubes

GIUSEPPE CULICCHIA
Le Pays des merveilles
traduit de l'italien par Vincent Raynaud

DANIEL DEFOE
Robinson Crusoé
traduit de l'anglais par Françoise du Sorbier

JOHN VON DÜFFEL
De l'eau
Les Houwelandt
traduits de l'allemand par Nicole Casanova

TOM FRANKLIN
Braconniers
La Culasse de l'enfer
traduits de l'anglais (États-Unis) par François Lasquin et Lise Dufaux
Smonk
traduit de l'anglais (États-Unis) par Michel Lederer

HEIKE GEISSLER
Rosa
traduit de l'allemand par Nicole Taubes

JOÃO GUIMARÃES ROSA
Diadorim
traduit du portugais (Brésil) par Maryvonne Lapouge-Pettorelli

Sagarana
Mon oncle le jaguar
traduits du portugais (Brésil) par Jacques Thiériot

PEDRO JUAN GUTIÉRREZ
Trilogie sale de La Havane
Animal tropical
Le Roi de la Havane
Le Nid du serpent
traduits de l'espagnol (Cuba) par Bernard Cohen

VANGHÉLIS HADZIYANNIDIS
Le Miel des anges
traduit du grec par Michel Volkovitch

GEORG HERMANN
Henriette Jacoby
traduit de l'allemand par Serge Niémetz

JUDITH HERMANN
Maison d'été, plus tard
Rien que des fantômes
Alice
traduits de l'allemand par Dominique Autrand

ALAN HOLLINGHURST
L'Enfant de l'étranger
traduit de l'anglais (Royaume-Uni) par Bernard Turle

MOSES ISEGAWA
Chroniques abyssiniennes
La Fosse aux serpents
traduits du néerlandais par Anita Contas

ROBIN JENKINS
La Colère et la Grâce
traduit de l'anglais par Françoise du Sorbier

EDWARD P. JONES
Le Monde connu
Perdus dans la ville
traduits de l'anglais (États-Unis) par Nadine Gassie

YASUNARI KAWABATA
Récits de la paume de la main
traduit du japonais par Anne Bayard-Sakai et Cécile Sakai
La Beauté, tôt vouée à se défaire
traduit du japonais par Liana Rossi
Les Pissenlits
traduit du japonais par Hélène Morita

YASUNARI KAWABATA ET YUKIO MISHIMA
Correspondance
traduit du japonais par Dominique Palmé

GYULA KRÚDY
L'Affaire Eszter Solymosi
traduit du hongrois par Catherine Fay

OTTO DOV KULKA
Paysages de la métropole de la mort
traduit de l'anglais par Pierre-Emmanuel Dauzat

MICHAEL KUMPFMÜLLER
La Splendeur de la vie
traduit de l'allemand par Bernard Kreiss

NAM LE
Le Bateau
traduit de l'anglais (Australie) par France Camus-Pichon

DORIS LESSING
Le Carnet d'or
Les Enfants de la violence
traduits de l'anglais par Marianne Véron
Journal d'une voisine
traduit de l'anglais par Marianne Fabre
Si vieillesse pouvait
traduit de l'anglais par Natalie Zimmermann

PRIMO LEVI
Le Système périodique
traduit de l'italien par André Maugé

EDOUARD LIMONOV
Autoportrait d'un bandit dans son adolescence
traduit du russe par Maya Minoustchine
Journal d'un raté
traduit du russe par Antoine Pingaud
Le Petit Salaud
traduit du russe par Catherine Prokhorov

DAVID MALOUF
Harland et son domaine
traduit de l'anglais (Australie) par Antoinette Roubichou-Stretz
Ce vaste monde,
prix Femina étranger 1991
L'Étoffe des rêves
traduits de l'anglais (Australie) par Robert Pépin
Chaque geste que tu fais
traduit de l'anglais (Australie) par Nadine Gassie
Une rançon
traduit de l'anglais (Australie) par Nadine Gassie

THOMAS MANN
Les Confessions du chevalier d'industrie Felix Krull
Dr Faustus
traduits de l'allemand par Louise Servicen

SÁNDOR MÁRAI
Les Braises
traduit du hongrois par Marcelle et Georges Régnier
L'Héritage d'Esther
Divorce à Buda
Un chien de caractère
Mémoires de Hongrie
Métamorphoses d'un mariage
Le Miracle de San Gennaro
traduits du hongrois par Georges Kassai et Zéno Bianu
Libération
Le Premier Amour
L'Étrangère
La Sœur
Les Étrangers
traduits du hongrois par Catherine Fay

VALERIE MARTIN
Maîtresse
Indésirable
Période bleue
traduits de l'anglais (États-Unis) par Françoise du Sorbier

JOHN MCGAHERN
Les Créatures de la terre et autres nouvelles
Pour qu'ils soient face au soleil levant
traduits de l'anglais (Irlande) par Françoise Cartano
Mémoire
traduit de l'anglais (Irlande) par Marie-Lise Marlière

ADRIENNE MILLER
Fergus
traduit de l'anglais (États-Unis) par Marie-Lise Marlière
et Guillaume Marlière

STEVEN MILLHAUSER
La Vie trop brève d'Edwin Mulhouse, écrivain américain,
1943-1954, racontée par Jeffrey Cartwright,
prix Médicis étranger 1975, prix Halpérine-Kaminsky 1976
traduit de l'anglais (États-Unis) par Didier Coste
Martin Dressler, le roman d'un rêveur américain,
prix Pulitzer 1997
Nuit enchantée
traduits de l'anglais (États-Unis) par Françoise Cartano
Le Roi dans l'arbre
Le Lanceur de couteaux
traduits de l'anglais (États-Unis) par Marc Chénetier

ROHINTON MISTRY
Une simple affaire de famille
L'Équilibre du monde
traduits de l'anglais (Canada) par Françoise Adelstain

STUART NADLER
Le Livre de la vie
traduit de l'anglais (États-Unis) par Bernard Cohen

KALANIT OCHAYON
De la place pour un seul amour
traduit de l'hébreu par Catherine Werchowski

CHRISTOPH RANSMAYR
La Montagne volante
Le Syndrome de Kitahara
traduits de l'allemand par Bernard Kreiss

JENS REHN
Rien en vue
traduit de l'allemand par Bernard Kreiss

MORDECAI RICHLER
Le Monde de Barney
traduit de l'anglais (Canada) par Bernard Cohen

VIKRAM SETH
Deux vies
traduit de l'anglais (Inde) par Dominique Vitalyos

ANTONIO SOLER
Les Danseuses mortes
Le Spirite mélancolique
Le Chemin des Anglais
Le Sommeil du caïman
traduits de l'espagnol par Françoise Rosset
Lausanne
traduit de l'espagnol par Séverine Rosset

PAOLO SORRENTINO
Ils ont tous raison
traduit de l'italien par Françoise Brun

TARUN TEJPAL
La Vallée des masques
traduit de l'anglais (Inde) par Dominique Vitalyos

SOPHIE TOLSTOÏ
À qui la faute ? Réponse à Léon Tolstoï
traduit du russe par Christine Zeytounian-Beloüs

F.X. TOOLE
Coup pour coup
traduit de l'anglais (États-Unis) par Bernard Cohen

NICK TOSCHES
La Main de Dante
Le Roi des Juifs
traduits de l'anglais (États-Unis) par François Lasquin

DUBRAVKA UGRESIC
Le Ministère de la douleur
traduit du serbo-croate par Janine Matillon

ERICO VERISSIMO
Le Temps et le Vent
Le Portrait de Rodrigo Cambará
traduits du portugais (Brésil) par André Rougon

CHRIS WOMERSLEY
Les Affligés
traduit de l'anglais (Australie) par Valéry Malfoy

Composition IGS -CP
Impression CPI Bussière en octobre 2013
à Saint-Amand-Montrond (Cher)
Éditions Albin Michel
22, rue Huyghens, 75014 Paris
www.albin-michel.fr
ISBN : 978-2-226-25206-7
ISSN : 0755-1762
N° d'édition : 20610/01. – N° d'impression : 2005147.
Dépôt légal : novembre 2013.
Imprimé en France.